小美人

陳長慶 著

小美人

目次

代序

千江春水也載不完的悲情

——陳長慶《小美人》讀後

謝輝煌

唐朝詩人元稹，寫過一首〈行宮〉：

寥落古行宮，宮花寂寞紅。
白頭宮女在，閒坐說玄宗。

詩中的白頭宮女，說的是幾十年前唐玄宗開元、天寶盛世時的宮廷往事，卻也帶有幾分批判與無奈。陳長慶的《小美人》，確實有點近似。只是，故事的背景不同罷了。

《小美人》是以第一人稱的回想方式寫成的一個小說。故事從後指部政戰主任杜奇上校替乾女兒「小美人」，向政五組要一張擎天廳的勞軍晚會票，讓陳大哥首次接觸到小美人開始。由於陳大哥對那位有點「三八」的小美人不太欣賞，就未審先判地認為她不適合嫁給金門青年，只適合嫁給當官的和有錢的人。便在一次偶然的機會裡，趁機慫恿杜上校去追她，且毛遂自荐地做起紅娘來。沒想到，小美人卻看中了紅娘，而陳大哥也漸漸地發現，小美人並沒有他想像中的那麼糟，且又知道她並沒有做過什麼害人和見不得人或傷風敗俗的事情，便轉而喜歡她了。

當小美人的父親過世後，小美人正愁著寡母無法照顧田地裡的工作時，出身農家的陳大哥，就主動去幫小美人的寡母做田，因而得知小美人是她那位智商很低又不會識字、種田的姑表哥「指腹為婚」的未婚妻，同時，也被小美人那位虎姑婆所警告，以後不許再和她的未婚媳婦往來。他經過一番考慮後，便不去楊家幫工了。

事被暗戀他的藝工隊台柱林玲知道了，林玲就慫恿他：「既然愛她，有本領就把她搶過來啊！」但他卻有「搶人家的未婚妻，那是天理難容」的罪惡感。當林玲向他展開愛情攻勢時，他又未審先判地認為「藝工隊這些女生，不適合在這塊島嶼與金門青年人廝守終生」，因而踟躕不前。而當林玲決心要迎合他的「牛糞土味」的生活時，他又掉頭去認為小美人和自已「都有血濃於水的鄉土情懷」，「值得共同珍惜」。偏是小美人也堅決表示反對那個「指腹為婚」的婚約，他終於決定和小美人私奔。然因無法突破來自父母、長官、朋友等各方面信服傳統觀念的壓力，小美人終於採取了獨自一人放逐異鄉的方式，來反抗「指腹為婚」的陋規，成全陳大哥熱愛鄉土，又不違世俗，且能在沒有任何罪孽、道德的壓力下，和林玲一起奔赴未來。

小說，跟其他藝術創作一樣，永遠敞著大門，任由「看熱鬧」和「看門道」的讀者自由進出，各看各的。另一方面，小說也是以各種形象來呈現作者的內心世界。但小說中的形象究竟在象徵或隱喻些什麼？則隨讀者所站的位置，而有遠近、高低、大小、寬窄的不同。然無論如何，本書〈後記〉裡的「蘸著金門的血淚書寫金門」，則是這個小說的創作基點。至於人物的真假，則不重要。重要的是作者在人物上所投注的感情。誠如先師李辰冬先生所說的：「情感真，虛構的事件可變為真；情感假，真實的事件可變為假。」準此，不妨先來聚焦於小美人、林玲和陳大哥三人身上，看能掃瞄出一點什麼消息。

小美人：本名楊紅紅，二十多歲，是金門一位貧農的獨生女。未出世，即被父親和姑媽「指腹為婚」。但她從小就不喜歡那位笨手笨腳、呆頭呆腦的傻表哥未婚夫。雖然，她只小學畢業，也不挺美，但因受雇於一位頗有幾分貴夫人風韻，懂得和氣生財之道，交際手腕靈活的女強人寡居老闆娘開的百貨店，得了不少薰陶，便也練就了一套八面玲瓏的交際手腕，和一張蜜糖般的小嘴，成天和那些大官嘻嘻哈哈，有說有笑，黨政軍三界的簡任及將級要員，也認識不少。想打她主意的後指部政戰主任杜上校，是她的乾爹；想吃她豆腐取樂的聯檢組李副組長，是她的乾哥（均非出於自願）。「小美人」的綽號就是杜老爹喊起來的，而且，在一夕之間傳遍了整個金門島，而成了「名女人」。

因此，她要一張由金門到台灣的船票，比要一張晚會票還簡單，更有本事弄到警總核發的入出境證。她的穿著和裝扮，在那個保守年代，的確與眾不同。臉上塗抹得紅紅白白的，跟唱戲的一樣。經常把那烏黑亮麗的秀髮束成一條馬尾，新潮的緊身衣褲，裹著一個渾圓的臀部，和一隻高聳的酥胸，襯托出一種婀娜多姿的丰采，是保守人士眼中「三八阿花」型的新潮女性。當地的青年不敢高攀她，但拜倒在她石榴裙下的高官，卻不知凡幾。

不過，她不認為自己是三八阿花。她說她沒有害過人，沒做過什麼見不得人或傷風敗俗的虧心事。不錯，她還有一顆樂於助人的善心，和一股愛打抱不平的俠氣。此外，她還有一顆寬宏的包容心，她的辦事能力很強，一般的農事也難不倒她。陳大哥想替她和杜老爹做媒，她甩頭就走。乾哥吃了她的豆腐，她也掉頭就走，還背地罵他是衣冠禽獸。陳大哥起初嫌她，她說：「多少人想跟我楊紅紅走在一起，還得看我高興」、「交我這個朋友，不會讓你抬不起頭來的」。陳大哥跟她開了個「那麼妳嫁給我好了」的玩笑，她立即怒指著他說：「說定了沒有？現在就請老闆娘做媒人，不收你的聘金，有種就把我娶回家，從此我粗布衣裳，絕不裝扮，不要以為我三八！」

她和陳大哥幽會時，遇到他「臨陣退卻」，她就笑罵他「呆子」、「膽小鬼」。甚至，即使弄大了肚子，她也不在乎人家的議論或閑話。對於那件「指腹為婚」的事，打死她也不接受，如果要逼她就範，她就跳太湖。並說：「誰也無權剝奪我追求幸福的權利！」最後，為了反抗指腹為婚的陋習，並成全陳大哥和林玲的愛情，選擇了一條獨自背負一切苦難，放逐異鄉數十年，直到老時才還鄉的悲情路。

林玲：台灣人，藝工隊的台柱，能歌善舞，品貌氣質都不壞，清清純純，是藝工隊裡少有的「正經」。觀眾喜歡她，長官讚美她。追求她的男人一大票，她獨愛金門和金門的陳大哥。儘管陳大哥常糗她不適合嫁給金門的農村青年，並且在心底也懷疑她，能否在這飽經戰火蹂躪的島上廝守終生，她卻不服氣地常在星期假日，自告奮勇，賴著跟陳大哥上山回家，去體驗農村生活。她學者推糞土、扒牛屎、挑水肥。又脫掉鞋襪，捲起褲管，下田挖地瓜、壅芋頭、捉芋葉蟲、施肥、拔草。她爬到山坡上，看到湛藍的大海，綠色的原野，蒼翠的叢林，和茂盛的農田時，高興得跳了起來，直呼這裡是「仙山聖地」。而當陳大哥半真半假，說要請老爸送她一塊山坡地，讓她蓋個小屋在這裡，以便看山看海看書時，她又興奮得跳了起來，並暗地裡開始存錢、築夢。陳大哥曾以農家常與「髒」、「臭」為伍的現實來難她，她以「到時候如果我說出一個髒字，一個臭字，跟你同姓」，來表示她決心要做個農家女的志願。當她得知陳大哥將和小美人私奔赴台的決定後，仍堅決地告訴他：「我熟愛這片土地的心永遠沒有改變，只要伯父母不嫌棄我，我會無怨無悔地回到鄉下陪伴他們。同時，也願意以一顆豁然的心，守候在這個島上等待，等待夏天過後秋葉落，冬天過後春花開。」甚至還說：「幸福這條路我會自己去開拓，田裡的雜草我會自己去拔除，芋頭葉上的青蟲我會用腳把它踩死，糞土我會協助伯父把它推上山，地瓜我已學會挖，粘在手上的乳汁我也知道怎麼洗。」

而在另一方面，她也是個很富同情心和包容心的女孩（至少表面如此），她替小美人打抱不平說：「小美人的確也太不幸了，上一代的戲言，必須由下一代來承受，這似乎有點不公平。」她在事理面前，條理清晰，她對陳大哥說：「小美人為了自身的幸福，必須離開這塊土地。你為了這塊土地，必須留下來；你是屬於這塊土地的人。」又說：「從愛的層面講，你應該去，從社會輿論言，你必須考慮；從家庭因素考慮，你不該走。」，「老人家在意的是名聲」。而在陳大哥離職前夕，她曉以「來得光明正大，走得光明磊落，才是為人的基本原則。」

陳大哥：金門農家子弟，受知於金防部政戰主任某將軍，並受雇於政五組掌理全島官兵四大福利，和特約茶室及勞軍等業務。對軍中的形形色色，耳熟能詳。而軍管時期的民間疾苦，他都看在眼裡痛在心裡。他對軍中某些胡作非為的官僚、島上一些有錢有勢愛鑽門路搞關係的人士和名女人、以及那些用花言巧語誘騙金門女孩的台籍充員等，都給以無情的批判。

「愛鄉愛土」是他人生的基本理念，並以此來做為擇偶的第一要件。小美人和林玲因符合這個要件而獲得他的愛情。又因為他愛鄉愛土，就更愛島上原有的重情義、守信諾的純樸民風和人文風采。當林玲樂得以「臭味相投」來形容兩人「務農」後的愉悅時，他提醒她：「這種臭事有什麼好記的？該記的、該稱讚的，是這塊島嶼的人文風采。」他愛小美人，愛到高潮時，卻又「臨陣脫逃」，原因是他有一把道德、道義和責任的戒尺。

他對和小美人一起私奔一事，也有著一種強烈的罪孽感，同時還有點宿命的認同感。例如他說：「女的不守婦道，違背傳統；男的誘拐人家的未婚妻，罪孽深重。」；「（指腹為婚）總是未婚夫妻，在我們這個重信諾的農業社會裡，任誰也不敢毀約。」；「在這塊島嶼，有時不得不屈服於傳統下的陋規陋習。」；「金門地方那麼小，為了這件事鬧得滿城風雨，徒增大家的困擾，我怎麼對得起他們。」；「搶人家的未婚妻，那是天理難容的。」；「如果我與小美人私奔成功，父母一生的清譽將受到嚴重的傷害，教他們在這個小島上怎麼做人。」這些都是他心理上的一塊大烏雲。好在小美人最後做了「解鈴人」，他才在林玲「你沒有離開這塊土地，也沒負心於小美人」的安慰下，接受了熱愛這片土地回歸田園的林玲，攜手同心走向明天。

以上三人間的兒女私情，在這個小說裡，只是裝載作者內心世界的運輸工具而已。這個內心世界的內涵，在前面的故事及人物的簡介中，大致已呈現了下面幾種情懷：

第一：堅守愛鄉愛土信念的情懷：這份情懷，從頭到尾貫穿了整個小說。作者不僅強調了金門傳統的美德和人文風采，更以它做為擇偶的第一要件。愛鄉愛土的陳大哥，作者安排他在為愛走天涯的懸崖上，及時順利地勒馬成功。而土生土長的小美人，作者也安排她在為追求幸福而自我放逐異鄉數十年後，仍回歸本土，圓滿了葉落歸根的理想。最感人的是「且認他鄉作故鄉」的林玲，不須人家唱什麼「家鄉的月亮分外的光呀，家鄉的流水分外的長，家鄉的田地要你耕種，家鄉的痛苦要你分嚐」，而無怨無悔，心甘情願地把一生歲月奉獻給金門，等候夏天過後秋葉落，冬天過後春花開。作者替她作如此的安排，應是有其絃外之音的。

第二：維護金門善良風俗的情懷：這份情懷，從陳大哥最初批判小美人是「三八阿花的新潮女性」，讚美林玲「是藝工隊少有的正經」等話中，已露端倪了。繼而，有小美人的「粗布衣裳，絕不裝扮，不要以為我三八」的辯白與表露。接著，又有對誘騙金門女孩的充員兵、及「老牛愛吃嫩草」的「老北貢」如杜上校之流的抨擊與冷嘲熱諷。此外，又對那些有錢有勢，有頭有臉，愛耍交際手腕以謀其私利的社會人士和名女人，給予無情的鄙視，並使陳大哥對「誘拐人家的未婚妻」，感到「罪孽深重」。凡此種種，萬流歸海，莫不以維護善良風俗為鵠的。

第三：難忘金門軍管之痛的情懷：金門軍管之痛，可說是深入民心，且罄竹難書。雖然，金門的文史工作群已將之載入史冊，但那個痛，不同於軋預防針，在未來的幾十年裡，還是會一碰就痛。作者在這個小說裡，只是隨著情節的發展順便點染幾筆罷了。如：戒嚴時期的物資管制，替有辦法的人製造了牟取暴利的機會，也讓一些在空運單位服務的官兵有被人招待吃喝的機會，而平民百姓的消費者，卻要付出高於台灣好幾成的價格。又如：往返台金的船票，有辦法的人就能捷足先登，而一些傷殘病痛的平民百姓，就只好看人臉色，聽天由命了。再如陳大哥說的：「軍管年代，單行法一大堆，主政者會替自己預留一個民平百姓難以想像的空間，繼而游走在它的邊緣為自巳製造更多特權。」又罵那些搞保防的人「沒有一個是好東西，一點雞毛蒜皮的小事，動不動就參你一本」。作者又借林玲的小嘴說：「別忘了我們身處在戒嚴軍管地區，高官的一句話就是命令，倘若硬要和他們唱反調，吃虧的還是我們平民百姓。」諸如此類，不是那些讚美金門是「海上公園」的人所能想像的痛。

第四：反抗陋規陋習的情懷：這個情懷，作者在書中著墨甚多。自陳大哥得知小美人是人家「指腹為婚」的未婚妻起，就一直在討論這個問題。本來，「指腹為婚」是既不合時代也不合法的陋習陋俗，但包括主任、組長在內的一大票人，除主任以「情何以堪」來同情小美人那位虎姑婆外，其餘也都臣服在「人言可畏」的壓力下，而不理會小美人的基本人權和死活。雖然，大家對信守承諾的堅持值得肯定，但是，信守一種不顧人權且不合法的承諾，就是「愚信」。如果是小美人基於同情心而信守上一代的承諾，那才是一種美德。所以，這「眾口鑠金」的行為本身（有知識的人，說沒有知識的話），就是作者有意設計的一個反諷。另一方面，作者則安排林玲首先發難，說了個「搶過來」，算是點燃了反抗陋習的聖火。而小美人則是從頭至尾，孤軍奮鬥地扛著反抗「指腹為婚」的大纛，甚至多次要以飛蛾撲火之姿，用「肉身」（處女貞操）作戰鬥的武器，殺個痛快。此著雖未見效，但最後的「千山我獨行」的自我放逐，仍是一個美麗的叛逆，一次漂亮的「解放戰爭」，值得喝采。而作者也圓滿地完成了使命。

此外，書中還旁及了一個「金門男多於女，金門男孩找不到老婆」的社會問題。所以，作者藉機把那些誘騙金門女孩到台灣的充員兵怒罵了一頓。其實，這也是個「老」問題。民國四十年前後，軍人雖然很窮，但有固定的薪餉和主副食，而軍眷也有眷糧和副食津貼（每口每月新台幣三十元），比金門農家的生活要好許多。像《正氣中華》副刊主編孫煒大哥，和我們營長劉駿，都娶了金門的小姐。以此推估，那時恐怕就有一兩打金門小姐做了「官夫人」。當時，地方父老可能對這個「人口外流」有所反映，所以，後來在駐軍中就盛傳：想娶金門小姐，得先在金門駐防五年。婚後，還要在金門「志願留營」五年。而那時的金門，隨時都有打仗的可能。當兵不怕死是假的，在「天涯何處無芳草」的夢想下，很多年輕的基層軍官就望而卻步了。但「八二三」的那次大移民，以及六〇年後，正逢台灣經濟起飛，同時，金門的教育也漸趨普及，而女生又多愛讀書，雖說有民防任務的人口管制，但女生去台灣升學、應聘、就醫等，仍可合法離金（小美人應是循這條路逃婚成功）。基於這種種原因而外流的女孩，恐不在少數。所以，就留下了一個「金門男孩找不到老婆」的後遺症。待兩岸一開放，金門又撤軍，戰火已遠離太武山，那些找不到老婆的「空缺」，正好由外籍新娘來填補，漸漸孕育出一種新的「金門文化」，這個題材，也值得金門的筆隊伍去開拓與耕耘。

總之，《小美人》是一個頗有內涵和深度的小說。雖然，它沒有雄渾壯美或哀感頑艷的場景，也沒有曲折奇離的情節，但也像一泓靜靜流著的秋水，柔中有剛地映照著落霞與孤鶩齊飛的儷影。而書中最大的特色，是對話多於敘述，平實多於雕琢。因為對話多，人物的思想、個性就完全呈現在讀者面前，而作者的內心世界也在其中。因為平實多，讀者有如親臨現場聽白頭宮女說玄宗，有一份不隔的快感。而在對話的進行中，有些「接招」接得輕鬆而別有意趣。尤其是陳大哥和小美人、林玲的某些對話，直教人笑不可遏，礙於篇幅就不贅舉了。至於小說慣用的暗示和象徵手法，作者運用得不留斧痕。如第十三章裡的「我們的背靠在斑剝的牆壁上」，暗示了小美人和陳大哥要背叛「指腹為婚」的傳統陋習。又如第十六章裡林玲說的：「幸福這條路我會自己去開拓，田裡的雜草我會自己去拔除，芋頭葉上的青蟲我會用腳把它踩死（相當於武則天的馴馬術，可怕）……。」象徵林玲很有把握打贏這場愛的爭奪戰。（不是嗎？且聽小美人說：「為了我們的事，你可知道有多少人來找過我？他們不是來勸我離開你，就是來替林玲說項。」而在第十七章的信中又說：「你們組長、主任數次和我晤談，我終於做出離開你的最後抉擇。」）認真地說，林玲有薛寶釵的厲害。不過，這些都是那隻運輸工具上的裝飾。運輸工具上最重要的東西，是「金門的血淚」，是千江春水也載不完的悲情。

原載二〇〇六年八月二一—三日《浯江副刊》

寫在前面

今天，無意中在新市街頭，見到戰地政務時期，活躍於金門島上，綽號叫小美人的楊紅紅。雖然，我們曾經共譜一段纏綿的戀曲，但這段情，早在三十餘年前，已隨著浯鄉的海水流向遠方，流向記憶的深遠處，斷絕在料羅灣深曲的海域裡。而她為什麼會重回這個島嶼，是倦鳥回巢？還是落葉歸根？抑或是另有其他原由？儘管內心充滿著無數的疑問，但我卻沒有求取答案的意願，就讓時光繼續走遠吧。

她形色倉皇地走過木棉道、並沒有發現到我，為了現實環境使然，避免彼此間再度衍生出不必要的困擾，我視若無睹，任由她走去。然而，三十餘年前的往事歷歷在目，我情不自禁地站在騎樓下窺探，而後目送一個熟悉的身影消逝在街的那一頭，昔日的情景更像那繚繞的雲煙，一幕幕地展現在我的眼前……

第一章

若以美的觀點來說，顯然地，楊紅紅並非挺美，只不過是在那個社會保守、民情純樸的年代，她的穿著和裝扮與眾不同罷了。經常可見她那烏黑亮麗的秀髮，束成一條馬尾，新潮的緊身衣褲，裹著一個渾圓的臀部，以及一對高聳的酥胸，襯托出婀娜多姿的丰采。

除了穿著新穎善於梳妝外，最令人稱讚的莫非是她那八面玲瓏的交際手腕，以及一張蜜糖般的甜甜小嘴，金門青年雖不敢高攀，但拜倒在她石榴裙下的地方官員和金防部高官不知凡幾。而這些圍繞在她身旁的蜜蜂，大部分都是上了年紀的阿北哥。為了掩人耳目，表面上是以乾女兒乾妹妹相稱，實際上他們內心所想的，似乎又是另外一種情景。

若論年紀，有些人做她的父親可說綽綽有餘，但那些歷經南征北伐，而後節節敗退，退到四面環海的金門島上，等待反攻大陸的阿北哥，似乎從未想過歲月不饒人，在「一年準備，兩年反攻，三年掃蕩，五年成功」不成的此時，自己已是一個滿面溝渠的糟老頭。在成家心切與人老心不老的心態下，總以為自己和楊紅紅很匹配，如能娶到一位人人羨慕的小美人為妻，那簡直是祖宗有德、三生有幸啊！年齡的差距根本不是問題。況且，先以乾哥乾妹、乾爹乾女兒相稱，而後結成夫妻的大有人在。可是，見過世面的楊紅紅，豈會誤上賊船、輕易上當。倘若想嫁，以她的條件，雖不必多金，也會選擇一個年輕有為的少年郎，絕不會嫁給那些頭禿髮白滿面皺紋的老北哥。

雖然楊紅紅有這種想法，但自己書讀不多，僅只小學畢業，家中世代務農，經濟並不寬裕，雖受雇於百貨店，即使管吃管住，月薪卻只有八佰元，用來治裝和購買化妝品，以及零星的支出，已用去了一大半，對家中的經濟幫助並不大，反而還少了一個幫手，整個生活的重擔，依然得靠父母來擔負。而一些受過中等教育以上的金門青年，不是從事教職就是公職，看她穿著那麼時髦，又打扮得花枝招展，成天和那些大官嘻嘻哈哈、有說有笑，雖然心儀她的美貌，但僅僅把她當成一朵花來欣賞，似乎沒人敢主動去追求她。當然，那些身體壯碩，整日與田為伍、被太陽曬得黑黑的莊稼漢，誠然有農村青年的勤奮和樸實，生活上也不成問題，以楊紅紅小美人身段和高傲的心理，豈會看上眼。

楊紅紅的乾爹是後指部政戰主任杜奇上校。

杜上校身材高大魁梧，一看就知道是山東人。在頭髮不得露出帽沿的軍中，他卻蓄了一頭長髮，而且抹油吹風，把三千煩惱絲梳理得服服貼貼，可說是十萬大軍中的異數，在講究服裝儀容的軍中，簡直讓人有點不可思議。據說在某一次集會上，司令官要求他把頭髮剪短一點，杜上校很快地脫下帽，火速地掀起鬢邊上的長髮，露出一道光禿的疤痕，這個銀元大的疤痕並非瘡疤，而是彈傷的疤痕，更是戰功的標記。於是他立正站好，反問司令官說：「我能剪短嗎？」倘若以軍紀而言，不能剪也得剪，但司令官還是特別的通融他。畢竟，他是上校軍官，與一般士官兵是有所差異的。

年近五十的杜上校，在大陸是否有妻室，沒人知道，但可以肯定隨軍來台後是光棍一條。然而，有些事卻也讓人覺得奇怪，來台已二十餘年，隨著部隊輾轉駐守在寶島好幾個角落，多少人屈服於現實，早已另成家室，有些甚至已是兒女成群了。唯獨杜上校，官不小、錢也不少，卻始終無緣和寶島姑娘結成連理，迄今依然是孤家寡人一個。不知是他擇偶的條件嚴苛、沒有中意的？還是夢想著反攻大陸回老家再打算？

自從調到金門，在一個偶然的機緣裡認識楊紅紅後，杜上校突然被這個足可當他女兒的小女子迷住。坦白說，每個人對美的觀點都有不同的認定，杜上校不知欣賞她那一點，是一張經過化妝修飾的面孔？還是青春豐滿的身材、凹凸分明的曲線？抑或是情人眼裡出西施？不管從任何一個基點來看，楊紅紅在他心目中，就是小美人一個。於是，經過杜上校這麼一叫、一宣傳，「小美人」這個綽號，就在一夕間傳遍了整個金門島。甚至，個人輪調和部隊移防也列入交代，凡踏上金門這塊土地，無論官或兵，人人都想親眼目睹小美人的丰采。

第二章

那年，我服務於金防部政五組。大家都知道，政五組承辦的業務除了民運和戰地政務外，最主要的還是福利和康樂，而這二項業務和外界接觸的機會最多，也因此讓我多認識了許多人，這些人從將軍到士官兵都有。有為特約茶室侍應生的問題來關說的，有來索取勞軍晚會票、電影票，免費理髮、沐浴、洗衣票的，有要超額購買免稅福利品的，有打聽藝工隊女隊員的身分背景的，有介紹老部屬到福利單位工作的……幾乎是五花八門、什麼事都有。然而，我必須衡量自己的權限，並非樣樣都能幫得上忙，但找我的人似乎比找組長或其他參謀的人多。如果沒記錯，我是因杜上校而認識楊紅紅的。

九三軍人節那天，中華民國軍人之友社理事長陳茂榜先生，率領由台灣電視公司演藝人員組成的金門前線勞軍團，一行三十幾人浩浩蕩蕩地蒞臨防區，向勞苦功高的三軍將士致敬，並於當晚在擎天廳演出晚會一場，以犒賞司令部官兵的辛勞。

擎天廳因座位有限，並不是每個單位的官兵都能到場觀賞，而是按各單位的人數依比例發給入場券，除了上校以上的高級長官以及工作人員外，防衛部幕僚單位真正能觀賞到這場晚會者，或許不會超過三成，可說是一票難求。承辦單位為了要應付長官臨時交辦和四面八方蜂擁的人情壓力，往往會控存十幾個座位，以便未雨綢繆。

要晚會票找政五組絕對錯不了，這點杜上校是很清楚的。於是他找組長，組長因陪伴勞軍團，要他直接和我連繫，但他並沒有派政戰官來拿，而是直接到辦公室找我。儘管杜上校不是我的直屬長官，業務上也鮮少有來往，但畢竟是與我們組長同階的上校，基於禮貌，我不得不站起來相迎。

「主任好。」我禮貌地向他敬了舉手禮。

「還在忙啊？」他走近我，和藹地拍拍我的肩，斜著頭問：「不去看晚會？」

「組長要我在辦公室、等主任來拿票後才能走。」我坦誠地說。

「那就坐我的車一起到擎天廳。」

「謝謝主任。」

「不過……」他看了一下腕錶，「我要先到山外接一個人。」

「報告主任，沒關係，趕得上開演就行了。」

於是我坐上杜上校的座車，跟隨他來到山外復興路一家百貨店門口停下。

杜上校啟開車門，朝店裡喚著：

「小美人、小美人。」而後下車，站在車旁等候。

只見一個打扮時髦的少女，興奮地從店裡跑出來，快速地來到車旁，一頭鑽進車裡興奮地說：

「要到票了。」說後，竟大方地在我身旁坐下，也同時飄來一股撲鼻的脂粉香。

我火速地移動身軀，把後座的座位全讓給她，自己坐在右側的工具箱上。

杜上校上車後見狀，趕緊揮動著手說：

「老弟，你坐下來、坐下來。」

「報告主任，坐這裡一樣。」

小美人微動了一下坐姿，靦腆地看了我一眼。

「你們認識吧？」車子剛起步時，杜上校轉頭問我們說。

小美人再次看看我，搖搖頭。

久聞小美人的芳名，但我並沒有說出口。

杜上校向我介紹說，她叫楊紅紅。也告訴楊紅紅說，晚會票是找我要的。

「謝謝你，小弟。」她轉頭對我笑笑。

「不，我沒有這個本事，是我們組長交代的。」我不敢貪功，但對於她稱我小弟，卻感到有點怪怪的。於是我不加思索地說：

「楊小姐，聽說妳是主任的乾女兒，主任剛才叫我老弟，妳現在卻叫我小弟，這樣好像不太對吧？」我話一說後，竟連駕駛也哈哈大笑，遑論是杜上校和小美人。

車抵達擎天廳門口下車，我向杜上校行禮準備先行進去，杜上校卻趕緊拉著我的手說：

「你老弟好人做到底……。」

我莫名其妙地看著他。

「裡面有那麼多外賓和高級長官，我不好意思帶楊小姐從前門進去。」他拍拍我的肩，「你老弟就幫幫忙，帶她從後門進去、幫她找位子坐。」

擎天廳不僅是政五組所督導，整個環境對我來說太熟悉了，帶一個人進場簡直是輕而易舉的事，而且我必須趕快進去和組裡的工作人員會合，以免長官臨時有事找不到人。因此，我看了小美人一眼，毫無考慮地說：

「請跟我來。」

我的快步幾乎讓小美人跟不上，她緊緊地抓住我的衣袖不放，來到後門的入口處，她已是氣喘如牛。我向收票員使了顏色，不必盤查她的身分，讓她快速地進場。

距離開演還有十幾分鐘，雙旁亮著耀眼的燈光，所有的座位幾乎已坐滿了看晚會的官兵，但司令官尚未蒞臨，當我陪著小美人尋找座位時，場內頑皮熱情的充員戰士卻尖叫著：

「小美人」而後「拍拍拍」地拍了三下掌。形成：

「小美人，拍拍拍。」

「小美人，拍拍拍。」

如此的情景連續了好幾分鐘，坐在前面的高級長官不停地轉過頭來看，讓小美人紅了小臉，也正式領教小美人紅遍金門的聲名。而我卻也有點尷尬，別讓他們誤以為是我帶來的女朋友，到時負責保防的政四組，說不定還會來調查、詢問一番，那就沒意思了。

「散場後等司令官離開，妳就直接到高級長官席位找主任，他會送妳回去的。」幫她找到座位後，我囑咐她說。

她點點頭，笑笑，笑出二個迷人的小梨窩。真是小美人，我心裡如此地想著。

當我走到工作人員的座位前，組長已怒目地在等著我。

「誰教你把女朋友帶進來？不要窮騷包好不好！」組長厲聲地責問我說。

「報告組長，她不是我的女朋友。」我立正站好。

「不是你的女朋友、是誰的女朋友？你帶她進來做什麼？」組長依然氣憤地。

「您不是交代要給後指部杜主任留一張票嗎？」我解釋著，「那位小姐就是杜主任的乾女兒。杜主任不好意思帶她從前門進來，要我帶她走後門、幫她找位子。」

「你沒看到那些小兵，又拍手又是小美人、小美人的，在這裡窮鬼叫，這種混亂的場面，要是讓外賓看到，成何體統？被司令官看到，更不得了！」

「報告組長，我實在想不到杜主任的乾女兒，會在這裡造成那麼大的騷動。如果知道的話，我絕對不會帶她進來的。」我有些無奈，也有點激憤，毫不客氣地辯解著說：「入場券是組長交代要給的，又不是我擅自發給他的。」

「她是金門的名女人，難道你不知道？」

「小美人的名字是聽說過，但人卻是第一次見面。」

組長聽完我的解釋後，知道我是無辜的，也就逕行回座位，但我心中卻感受到前所未有的懊惱。

「媽的，都是杜上校和小美人害的，讓我平白地挨了一頓刮。」我心中暗自罵著。

於是對他們兩人，內心衍生出一份無名的厭惡感，以後絕不理會他們，管他是上校少將或是什麼大美人小美人。

第三章

今年，組裡可說官運亨通、喜事連莊，首席參謀官順利地晉升上校，福利官和康樂官同時晉升中校。當晉升名單公佈時，組長緩例用公費買了一份「肩章」、「領章」合裝成的「軍階禮盒」，包裝成一份精緻的禮品，貼上「步步高陞」的紅色卡片，送給晉升人員。因為我兼辦組裡的行政業務，購買軍階禮盒的工作每年都由我承辦，而且無論什麼階級，都可以輕易地在街上的文具店或百貨行買到。然而，今年卻異於往年，找遍金城、山外、沙美的文具百貨店，什麼階級的肩章領章都有，就是政戰上校的肩章領章缺貨。在緊要關頭時經過打聽，小美人受雇的店中有貨，但售價比平常貴一倍，而且熟人不敢賣，專敲一些大頭行政士的竹槓，大賺黑心錢。

聽到這個消息後，我心中一陣暗喜，只要能買到就好，貴就貴吧，反正有收據可以報銷，又不是我揩油。於是，我二話不說，向組長借了車，囑咐駕駛往山外，而後直奔小美人受雇的百貨店。

小美人看見我先是一怔，畢竟我們曾經見過一次面。

「小弟……」她露出一絲怡悅的微笑。

聽她這麼一叫，我內心感受到的並非親切，而是近乎肉麻。

「小弟」一詞也是時下一些婦女對同齡男性的稱呼，或許是叫起來較順口吧，任憑你的歲數比他大，她們還是不習慣喚人大哥。雖然小美人不一定存心想佔我的便宜，但小弟一語聽在我耳中，我是有點排斥的，也相當的不認同。

「小美人，我警告妳，」我指著她笑著說：「妳乾爸爸杜主任是我的老哥，妳竟然還敢叫我小弟，妳是不是欠揍！」我故意不以較文雅的乾爹，而以較粗俗的乾爸爸來數落她。坦白說，對這種到處認乾爸爸的女人，我是有點瞧不起的，因此，沒有尊重她的必要。

「別那麼兇好不好？」她笑著說。

「廢話少說，拿一副政戰上校肩章禮盒賣給我。」我急促地，有點傲慢。

「看你外表斯斯文文的，怎麼講起話來一點禮貌都沒有。」她有點介意，「簡直跟上次見面時判若兩人。」

「上次是沒挨過罵。」

「挨罵？」她不解地問：「為什麼挨罵？誰罵你啦？」

「為了帶小美人進擊天廳看晚會找座位而挨罵，為了那些小兵高喊：『小美人，拍拍拍』而挨罵。」

「原來是這樣啊，」她笑著說：「那我現在向你陪罪，向你說聲對不起，這樣總可以了吧。」

「跟妳開玩笑啦，罵過就算了。」看她如此地正經，我倒有點不好意思。我趕緊言歸正傳，「拜託，拿一副政戰上校肩章禮盒賣給我。」

「話先講好，本來是不想賣給你的，」她有點神氣，「看在你因幫我找座位而挨罵的份上，就賣你一副，但價錢是原來的三倍。」

「土匪！」我指著她，笑著說：『我要到警察局檢舉妳抬高物價。」

「悉聽尊便。」她不在乎地說。

「如果妳以後還想到擎天廳看勞軍晚會的話，就乖乖拿一副送給我，」我含笑地提出警告，「不要以為妳乾爸爸是上校主任就了不起啦，坦白告訴妳，政五組晚會票照樣可以不給，到時妳連擎天廳的大門都進不去。不信妳可以去問問妳乾爸，看他有沒有膽量帶妳從前門進去。」

「要是我把肩章禮盒賣給你呢？」

「不但會給妳廿五排的好位置，說不定還會派車來接妳。」

「一言為定？」

「君無戲言。」

她興奮地彎下腰，從玻璃櫃裡取出一副肩章禮盒遞給我。

「開玩笑歸開玩笑，多少錢請開收據。」我正經地說：「我們可以報公帳。」

「免費送給你。」她大方地說。

「又不是我升官，」我伸手掏出錢，「待會兒被妳們老闆看到，不找妳算帳才怪。」

「你說我會揩油嗎？」她一本正經，「等一下我就會把自己的錢放進去。」

「怎麼能平白地讓妳送呢？」我說著，看了一下手中的鈔票，「多少錢快說，別浪費時間。」

「你是不是存心想耍賴，如果你不遵守剛才的諾言，大家就等著瞧！」她收起了笑容，堅持著說。

「看來妳比我還兇。」我笑著說。

而此刻，我卻有一點後悔和她開玩笑。要一張晚會票不成問題，派車來接她是我辦不到的事。

「好吧，既然要以條件交換，我就代表參謀官先謝謝妳。而且我也會轉告他，這副肩章是山外小美人送給他的，以後有勞軍晚會就請他派車來接妳。」

「休想！」她不屑地，「誰稀罕那些老頭子來接。」

「好，」我拍了一下手，「票我會為妳準備，到時請妳乾爹來接妳，如果嫌他老、就請他帶個年輕的傳令兵來作陪。」我說後移動了腳步，「再見了，小美人！」

「以後再叫我小美人，你會死！」她含笑地指著我說。

「不叫妳小美人，難道要叫妳老美人？」我邊走邊笑著。

「叫大姐。」她臉不紅氣不喘地說。

「叫大姐？」我停了一下腳步，重複她的語氣，消遣她說：「是不是叫妳小美人不過癮，要改叫大美人？別忘了妳乾爸爸稱我老弟，若論輩份妳應該叫我一聲叔叔才對。」

「想得美喲！」她嘟起了小嘴，白了我一眼。

我看看腕錶，的確沒有時間和她繼續閒聊下去，上車後，我禮貌地向她揮揮手，她笑了，笑得很燦爛、很愜意……

從此之後，我跟小美人更熟悉了，組裡若缺少什麼日常用品，很自然地，就會想到她，無形中就成為她們店裡的老主顧。寡居的女老闆，頗有幾分貴夫人的風韻，雖然淡妝，卻依然能看出她端莊婉約的姿態。經常在她店裡，也可以見到許多平日難得一見的高官和社會人士。

第四章

杜上校雖然和我們組長同階，但他卻是後指部政戰部主任，彼此之間並無所謂長官與部屬，互動向來也並不密切。然而一旦見了面，我還是會快速地舉手向他敬禮問好，真正較熟的是政戰官，他經常到組裡來洽公。而在軍中，除了職務外講究的就是階級，上校乙階在金防部少說也有近百位，他們一向被視為「高級長官」。配掛的是可以直往擎天峰的職員證，到擎天廳觀賞勞軍晚會，可以不必持票直接從第一道門出入，坐在距離舞台較近的高級長官席位上觀賞。平常可以在一流剃頭師操剪的「高級長官理髮部」免費理髮，可以在營區浴室「單人浴池」免費沐浴。到「庵前特約茶室軍官部」買票時，可以在管理員辦公室品茶等候。這就是金防部幕僚單位高級長官享有的特權和好處。由此我們可以發現到，中校與上校一階之差，簡直差了十萬八千里，難怪會有那麼多不學無術，靠奉迎拍馬求官的軍中敗類。

幾次接觸後，我發現杜上校雖然不苟言笑，但人很隨和。有一次我到經武營區收支組洽公，出來後竟然碰到他。

「主任好。」我趕緊立正向他敬禮問好。

「你老弟不要客氣，我們是老朋友。」他和靄地拍拍我的肩說：「走，到我辦公室喝杯茶，我們聊聊。」

「主任您很忙，怎麼好意思去打擾。」我禮貌地說。

「我這個主任怎能跟你們那位大主任相比，人家是身兼政委會祕書長的少將主任，光你們武揚營區的官兵和政委會的員工，加起來就有好幾百人，成天忙得團團轉。你是知道的，我這個政戰部，一個監察官、一個保防官、二個政戰官，比你們一個組的人員還少。我是一天悠悠閒閒等吃飯的飯桶主任。」他灑脫地說，並沒有對現實不滿的情緒。

「報告主任，您客氣了。總有一天，您肩上的星星，絕對會在經武營區上空閃爍。」我笑著說。

「你老弟真會說話。」他又一次地拍拍我的肩說：「走，喝茶去。」

我們緩緩地走著，也因為我不具軍人身分，始能無拘無束地和上校走在一起。倘若我是一般士官兵，或是低級軍官，是不可能有這種情景的，杜上校更不可能以「老弟」相稱。

杜上校的辦公室看來比一般組處長辦公室還簡陋，單人床上鋪著金黃色的軍用毛毯，壁上掛著草綠色蚊帳，摺疊成方形的白色棉被置放在床頭，木製的辦公桌上是一塊玻璃墊，並沒有成疊的紅白卷宗等待他來批閱。二張老舊的籐椅中間是一塊小茶几，比我們組長辦公室還寒酸。

我們坐在涼涼的籐椅上，傳令兵端來二杯香片茶，茉莉花香在這個小小的室內繚繞。

「最近看到小美人沒有？」杜上校輕啜了一口茶，問我說。

「經常到她們店裡買東西。」我據實相告。

「這個女孩長得不錯。」杜上校看看我。

「主任沒說錯，她活潑俏麗，待人也蠻和氣的。但若以金門人的眼光來看，她的妝扮和穿著，的確是時髦了點。」我看看他笑著，「主任您是知道的，金門女孩的穿著，大部份都很樸素，我們常見的是黑裙黑褲素色的襯衫。小美人就不一樣了，經常看見她穿各色各樣的緊身褲，把整個下半身繃得緊緊的，看來雖然與眾不同，也能凸顯她的曲線，但會讓人誤以為不正經。」

杜上校聽我一講，哈哈地笑出了聲音。

「還有，金門女孩臉上最多是擦點雪花膏，而小美人不僅用香粉把臉抹得白白的，嘴唇也用唇膏塗得紅紅的，就跟唱戲的一樣，讓人感到有點三八。」

「我的看法和你不一樣。你不覺得金門很多女孩子，都是土裡土氣的，既不懂得穿衣也不會打扮，只有小美人能跟上時代，看了就讓人舒服啊。」他興奮地說。

「這就是主任您認她做乾女兒的理由？」我笑著問，彼此間的距離彷彿拉近了許多。

「我年紀一大把了，不認她做乾女兒、難道還能認她當乾妹妹。」

「主任您看來並不老啊。」我誇讚他說。

「在你們這些年輕小伙子面前，早就是老頭子一個囉。」

「不要先把自己老化……」我話未說完先笑出聲來，「如果當初您認小美人做乾妹妹，現在自己就是乾哥哥了；乾哥哥對上乾妹妹就不老了。而現在您卻把自己老化，讓乾女兒對上乾爸爸，看起來當然就老啦。」

「想不到你老弟句句都是金玉良言啊。」他又一次地開懷大笑。

「說真的，您是不是對小美人有意思？」我大膽地問。

「難道你老弟要幫我做媒？」他再次地哈哈大笑。

「世事難料，什麼事都有可能。媒人兩字聽來雖然沉重了一點，但找機會敲敲邊鼓絕對不成問題！」我正經地說。

「還是我幫你做媒好了，」他神情自若地說：「把你們兩人湊成一對，那才叫郎才女貌呢。」

「那我不是要叫您岳父大人了嗎？」我笑著說：「剛才主任您叫我老弟，現在就那麼一霎眼的功夫就升格了，未免太快了吧。老實說，小美人不適合嫁給金門人。」

「為什麼？」他不解地問。

「金門青年多數出身農家，歷經多次砲火洗禮，生活節儉樸實，微薄的收入必須貼補家用，那有餘款供一個女人買那麼多的化粧品，也不可能每天讓她妝扮得花枝招展。」我坦誠地說。

「那你說，小美人應該嫁給什麼人較適合呢？」

「當官的，以後就是官夫人；有錢的，以後就是老闆娘。」

「金門人有錢人家並不多，在金門當官的，大部分都是一些從大陸撤退來的老骨頭，如此看來，小美人若要找對象還真不好找呢。」他有點憂心。

「主任您今年也不過四十來歲，」我故意誇他，「小美人已二十好幾了，大個十幾歲、認真說來也不算大啊！如果有意思的話，可千萬不要錯過這個大好機會啊。」

「怎麼你老弟愈說愈像有那麼一回事似的。」他不好意思地笑笑。

「在主任您老哥哥面前，我是實話實說。如果錯過機會，會後悔一輩子的。」

他樂得哈哈大笑。

「難道您忘了上次帶她到擎天廳看勞軍晚會，那些小兵『小美人，拍拍拍』的聲音，簡直快震破現場官兵的耳膜，可見她受歡迎的程度，不比那些小歌星差。萬一有一天被那些充員戰士騙走了，那就糟糕啦！」

「小美人會那麼沒知識嗎？」他淡淡地說。

「那可不一定，軍中形形色色什麼樣的人都有，尤其是一些較滑頭的小兵和少數存心不良的預官，他們來到外島服役，既單調又無聊，碰到純樸善良的金門女孩，就施展出吹牛不犯法的『蓋功』來。他們蓋天、蓋地，蓋神、蓋鬼，有些人幾乎蓋得天花亂墜，讓一些書讀得少、又沒見過什麼世面的金門小姐信以為真，因此而誤入圈套的有不少人。」我據實說，卻不想舉例。

「從大陸撤退來到台灣好幾年了，不知怎麼的，我對那個地方始終沒有好印象。但對金門這塊土地和人民，卻有一份無名的親切感。」

「或許是金門離大陸較近吧！」我轉頭看看他，突然大膽地問：「主任在老家成親了沒？」

「不談這個傷感的事。」他苦澀地笑笑，而後沉思了一會，「既然咱們是哥倆，以後對老哥哥說話就不必用『您』字。不想瞞你，老家有一個女人，她像極了小美人。」

我微微地點著頭，認同他把我當成兄弟。

「這或許是你欣賞小美人的最大主因吧？」我繼續說。

「我也不敢這麼說，只覺得她看起來蠻順眼的。」

「是你先認她做乾女兒，還是她先拜你為乾爹的？」

「談不上認和拜，而是有一次和副指揮官在她店裡瞎扯，副指揮官竟當眾起鬨要她做我的乾女兒。」他笑笑，「到現在為止，小美人連一聲乾爹也沒有叫過我。」

「可能認為您還年輕，不適合當她的乾爹吧。」我笑著，「副指揮官也真是的，當初為什麼不叫她做你的乾妹妹，而要她做你的乾女兒？如此一來，不就可以把距離拉近了嗎。你有沒有叫過她乾女兒？」

「我向來都叫她小美人。」

「這樣好了，找一天我請主任上館子吃鍋貼，就請小美人來做陪，大家一起聊聊。」

「如果你真能把她請出來，我請客。」他興奮地說：「我們現在就走！」

「好，」我站了起來，「我就陪老哥哥走一回、試試看。如果她去了，你請客；若不去，我請客。」

想不到我們隨興一談，卻縮短了階級上的距離，更談出深厚的革命情感。

車子抵達新市里，我請杜上校先到「妙意食堂」等我，逕自來到小美人的店裡。

臨近中午，街上行人稀疏，小美人獨自一人悠閒悠閒地坐在櫃檯裡，正翻閱一本舊畫報。我趁她不注意，高聲地叫了一聲：「小美人。」

她猛而地抬起頭，白了我一眼，「要嚇死人是不是，那麼大聲。」

「走，」我比了一個手勢，「去向老闆娘請假，我請妳吃鍋貼。」

「你這個小氣鬼，不知說過多少次要請我吃鍋貼，每次都黃牛。」她不屑地，「我看算了，還是吃老闆娘煮的陽春麵較實際。」

「今天絕不黃牛，」我比畫了一個發誓狀，「如果不請你吃的話我會死。」

「坦白告訴你，不是人人想請我、我都會去的喔。」

「這點我知道啦，小美人。你是一個有原則的人，對不對？」我含笑地誇讚她。

「知道就好，別以為我是三八阿花。」

「我到妙意食堂等妳。」

「不，我們一起走。」

「走在一起，不大好意思吧。」我有點顧慮。

「膽小鬼！」她不屑地說。

「不是我膽小，而是我這個土包子和妳小美人走在一起不搭調。」我有點自卑。

「廢話！」她瞪了我一眼，「多少人想和我楊紅紅走在一起，還得看我高興不高興，只有你最怕死！」

我被說得啞口無言，一時不知怎麼來回答她才好。坦白說，和這種穿著新潮、妝扮時髦的女性走在一起，不知是我的光榮，還是會讓人譏諷？我的心裡充滿著矛盾。

「你等我一下。」她隨即轉身入內，一會老闆娘走出來。

「小弟，」老闆娘笑嘻嘻地走到我面前，「怎麼突然要請小美人吃鍋貼，是不是中了愛國獎券啦？」

「妳們都誤認為我小氣，其實不是這樣啦，我是怕人家說閒話。」我坦誠地告訴她說。

「今天為什麼不怕？」她逼人地問。

「妳不要講，」我低聲地，「我要幫她做媒。」

「什麼？」她訝異地，「此話當真？」

「我什麼時候騙過妳。」我正經地說。

「你是替自己、還是幫別人？」

「世界上還有幫自己做媒的人嗎？」我反問她。

「別耍小聰明，」她警告我說：「你就等著挨罵吧。」

「為什麼？」我不解地問。

「人家對你印象不錯，你卻自作聰明要幫她做媒。」

「老闆娘，妳有沒有搞錯？」聽她這麼一說，我的心裡突然湧起一股無名的笑意。很想說：「見妳的——大頭鬼。」

初春還有一點寒意，小美人卻刻意地換上春裝，棗紅色的套頭尼龍衫，緊身的白色長褲，讓她青春豐滿的曲線更加分明，偶而的還會從她身上飄來陣陣高級化粧品的濃郁香氣。或許，任何人看了都會動心，惟獨獨我這個金門青年不敢恭維。當她出現在我面前時，簡直讓我看傻了眼。

「走啊！」她故意地賣弄了一下婀娜的手姿。

一旁的老闆娘偷偷地笑著。

我不停地反覆思考，和這個看來有點三八的新潮女性走在一起，並非是我的光彩。我後悔自己的雞婆。

「走啊，」她拉了我一下衣袖，催促著，「小氣鬼，是不是捨不得？」

聽到「小氣鬼」這三個字，我猛而地一怔，很想告訴她們說，我絕不是小氣鬼，但我還是忍下。

「老闆娘，妳中午不必煮飯了，等一下我順便幫妳帶鍋貼回來。」而後笑著對小美人說：「我們走！」

儘管中午行人少，路途不遠，但我實在不好意思和小美人並肩走在一起。當我快步走時，她卻跑步跟上我；當我想和她保持距離時，她卻主動地靠近我，而且還拉著我的衣袖不放，的確讓我尷尬萬分。

來到妙意食堂，當她發現杜上校在座時，卻狠狠地瞪了我一眼。但她還是禮貌地說：

「主任好。」

「請坐、請坐。」杜上校站起來，幫她拉出椅子。

小美人微微地笑笑，有點扭捏不自在，並沒有馬上坐下，與她平日的灑脫判若兩人。

「坐啊，」我看看她，笑著說：「難道妳要站著吃？」

她面無表情地看了我一眼，而後坐下。

「今天主任請客，」我順手把菜單放到她面前，「想吃什麼盡量點。」

「剛才你不是說你要請客嗎？」她沒有笑容，一本正經，「怎麼現在變成主任請客？」

「我們是老兄弟，誰請客都一樣。」主任幫我打圓場。

「不，今天非要他請客不可。」她勉強露出一絲笑容，丟下一句：「小氣鬼！」

「好，今天我請二位。」為了不願把單純的吃飯事情弄僵，也防止小美人使性子掉頭就走，我極端認真地說：「二位想吃什麼盡量點，別為我省錢。」

小美人疑惑地看看我，是看我真小氣、假大方？還是本來就很慷慨？我不想知道她此刻所思所想的是什麼。

「主任您來決定。」她把菜單挪到杜上校面前，「您官大，點什麼我們就吃什麼。」

「不，」杜上校又把菜單推回去，「女士最大，小美人優先。」

他們客氣地相互推託著。

「好吧，既然二位那麼客氣，有意要為我省錢，」我轉頭對服務生說：「小妹，來三碗陽春麵。」而後轉向小美人，「要妳點菜妳不點，如果以後敢說我小氣鬼，我們就等著瞧！」

「別把責任都往我身上推，」小美人辯解著，「我是尊重大官。」

「大官也要吃飯啊，況且，我們又不是主任後指部的官兵。能聚在一起吃頓飯，也算是緣分，大家又何必客氣呢。」我說後，故意加重語氣，「小美人，妳說是不是？」

「我鄭重地警告你，」她含笑地指著我，「從現在起，如果再叫我一聲小美人，你會死！」

「這就怪啦，為什麼大家都可以叫，獨獨我不能？」我笑著問。

「小美人是那些三八小兵叫的，我不願看到你也三八。」

「那主任叫妳小美人，他也算三八嗎？」我此語一出，主任也哈哈大笑。

「你要搞清楚，主任的年紀比我爸爸還大，他是長輩，喜歡叫什麼，我都樂意接受，就是你不行！」

然而，當我聽到主任的年紀比她爸爸還大時，我整個臉都綠了，主任也沒有了笑容。原想要為他們製造機會，順便敲敲邊鼓，而此時卻讓我尷尬萬分。這個媒人可能做不成了，我心裡如此地想著，也要佩服老闆娘要我等著挨罵的先見之明。

「好，從今以後不叫妳小美人了……」我還未說完。

「這樣才乖。」她搶著說。

「不要高興太早，」我笑著，「妳說如果以後我再叫妳小美人我會死，是不是？」

「不錯。」

「主任在場可以證明，」我看看杜上校，「一旦我死了，妳一定會哭，為了不願讓妳流淚，所以我會繼續叫妳小美人。」我頓了一下又說：「說真的，妳不僅是我口中的小美人，更是主任心中的大美人。」

「為什麼不說是你心中的大美人！」她站起身，白我一眼，臉一沉，二話不說，掉頭就走。

杜上校和我一時都看傻了眼，我只是想和她開開玩笑，根本搞不清自己是否有失言之處。兩人無言相對，始終不好意思去拉她或追她，目睹她的倩影走離妙意食堂的大門。

「主任，真是不好意思，」我尷尬地笑笑，「想不到會把這個場面弄得那麼僵。」

「我看和這種女孩不能開玩笑、也惹不得。」他微微地笑笑，而後摸摸頭問我說：

「我真會比她爸爸的年紀還大嗎？」

「那是她自己說的。」我有些不屑。

「或許，往後她只能是我心中的小美人，永遠的乾女兒了。」他有些失望。

「報告主任，我們吃鍋貼，喝酸辣湯吧……」我有點難過。

「好，來碗又酸又辣的酸辣湯……」

自此之後，我不好意思再踏進小美人店中一步。不久，杜上校也調離了金門，但小美人依然活躍在這片歷經戰火蹂躪過的土地上……。

第五章

在以軍領政的戒嚴時期、戰地政務體制下，善良的島民承受許多難以言喻的苦難和生活上的不便。但對於一些有錢有勢的社會人士，以及少數交遊廣闊的女士先生們則另當別論。尤其金門是一個孤島，地瘠民貧，大部份民生物資均仰賴台灣進口，商家為了反應成本，必須加上運費和稅金，因此，所有的貨品幾乎都比台灣本島貴上好幾成。有些貨物還不能由商家自行進口，必須向政委會所屬的「物資供應處」，憑「配貨簿」限量批購。但少數有頭有臉的商家，他們會透過關係，巴結陸軍外島服務處以及松山和尚義機場的相關人員，利用每天來往台金的運輸機，為他們夾帶一些利潤較高的貨品，從中謀取暴利。當然，也必須任由那些連絡官、作戰官、空運官，以及士官長不定時的需索。從廉價的大白菜到高價的黃魚、鰣魚、高粱酒。三不五時還會找幾個人來吃你一頓，喝你幾瓶益壽酒。反正他們彼此間相互利用，真正吃虧的當然是消費的平民百姓。

除此之外，來往台金的交通工具，也常受到人員數量的限制。雖然搭乘的是免費的軍艦，但必須承受二十餘小時的海上顛簸，有鋪位的「太武輪」更是一位難求。或許，這只是一般小老百姓的無奈，對於那些有錢有勢的社會人士則又另當別論。他們可以利用關係，到醫院弄張診斷證明，然後找安全單位開張「安全查核三聯單」，無論是政委會班機或軍機，都可得心應手、順利成行。而一些傷殘病重的平民百姓，則必須聽天由命，或看盡各級大人的臉色、始能如願。這是否就是小島子民的宿命？還是該怨老天爺的不公？

年後的第一個航次，返鄉過年的旅台鄉親和在台求學的學生，都必須趕回工作崗位或學校。雖然來了一艘軍艦和太武輪，但搭乘順序早有明文規定：軍人優先、學生次之，如有餘額則由一般百姓搭乘。部份沒排上的鄉親，莫不到處找關係，只要上得了船能抵達台灣就好，管它是什麼登陸艇、開口笑。然而，想上船並非易事，層層關卡必須打點，從港警所到聯檢組，從港指部到運輸組，只要找對人，或金防部高官一句話，上太武輪的可能性也相當高，別說是開口笑。

我的表叔是一位忠厚老實的鄉下人，讀書不多，婚後卻連續生了二男四女，孩子小時負擔不大，夫妻辛勤耕耘勉可維生。當孩子長大開始讀書時，靠著那幾畝旱田，每年的收成再怎麼節儉，也支撐不了家中的生計，不得不跟著鄉親遠赴台灣謀生。靠著粗壯的身體，在建築工地挑磚擔瓦、和泥綁鐵、任人使喚，出賣勞力換取微薄的工資，寄回家中貼補家用。

表叔年前搭乘最後一個航次返鄉過年，年後又得盡快趕回台灣上工，如果不能在年初六之前抵達，勢必會遭受到東家的解雇，屆時又得另謀他職。在工人供過於求的此時，想謀求一份安定的工作談何容易，這似乎也是表叔趕著搭乘這班船赴台的主因。

然而，老實的表叔，雖然按規定到港警所登記船位，則依然被排除在限額名單之外，他提著行李四處張望，焦急的模樣可想而知。那時，我因「子感計劃」發放慰問金的事宜，到「五四工兵群」洽公，而路過裡裡外外擠滿著旅客的候船室。巧而，在門口遇見神情慌張的表叔，他一把拉住我，急促地告訴我詳情，要我幫他想想辦法。

「表叔，您不要緊張，外面很冷，您先到候船室裡面等，我幫您想想辦法，看看能不能找到熟人。」我說完一轉身，卻碰到久未見面的小美人。

「小弟。」她的聲音雖然親切悅耳，但「小弟」二字在我聽來，卻十分刺耳。

「小美人。」我深知她會不高興，故意叫著。

「你去死！」她雖然有點兒不悅，但唇角依然浮起一絲迷人的微笑。

「妳要到台灣去？」我不想再激怒她，笑著問。

「來送朋友。」她看看身旁的女孩，笑笑。

「坐那一艘船？」

「當然是太武輪。」她有些得意。

「真有辦法。」我話一說完，卻突然想起，「我有一位親戚沒排上，妳就幫幫忙，想辦法弄張票，只要能上船就好。」

「你有沒有搞錯，」她有點不屑，「誰不知道你們大單位有辦法，你是不是存心想消遣我！」

「坦白說，我跟他們一點業務關係都沒有，這點小事又不好意思找長官，妳就幫我這個忙。」我低聲下氣地懇求她。

「我有那麼大的本事嗎？」她故意地。

「誰不知道妳小美人交遊廣闊……。」

「你再叫我小美人，我就不幫你的忙！」她警告我說。或許，她真的很介意我叫她小美人。

「好、好、好，」我搖搖手，笑著說：「不叫小美人、不叫小美人，叫妳楊小姐總可以吧。」

「不可以！」

「那要叫妳什麼呢？」

「楊紅紅。」

「好，以後就叫妳楊紅紅。」

「不，我要你現在就叫。」她說後，竟哈哈地笑出了聲音。

「好了，別開玩笑啦，」我正經地說：「船票全由聯檢組控制，那些人沒事時常在山外街頭窮逛，妳不會不認識的。」

「知道就好，總算你找對人了，一張船票還難不倒我。」她瞪了我一眼，而後又神氣地說：「我楊紅紅要船票比要你們的晚會票還簡單。」

「真是對不起，」我深知她的語意，「自從妳乾爹杜上校調回台灣後，就沒有請妳到擎天廳看過晚會，下次如果有勞軍團來，我一定想辦法接妳去觀賞。」

「如果騙我，你會死！」她用疑惑的眼光看我。

「絕對不會騙妳，」為了取信她，我比手發誓，「如果騙妳，我會死。」

她笑了，笑得很開心、很美麗，但也有點三八。

我們一起乘車來到湖前的聯檢組，她單槍匹馬直往裡走，我則在門外踱著小步，心中不禁浮起一絲愉悅的笑意。憑她的交際，絕對能順利地要到一張船票的，表叔也可以在這個航次成行。

果然不一會，一位少校軍官陪她有說有笑地走出來，我一眼就認出他是聯檢組副組長，他送小美人到門口後就折返，我並沒有刻意地上前和他打招呼，這些搞保防的人，沒有一個是好東西，任憑是一點雞毛蒜皮小事，動不動就參你一本，為不同單位的參謀人員，增加許多不必要的困擾。

「票要到了沒有？」她來到我身旁，我緊張地問。

「沒有，」她故弄玄虛地一笑，「連開口笑也排滿了。」

「憑妳小美人和聯檢組的關係，要不到一張船票，真是笑話。」我故意消遣她。

「你再說一聲小美人，」她從口袋取出船票，在我面前一揚，不悅地說：「我不把這張船票撕掉，跟你同姓！」

「跟妳開玩笑啦，」我趕緊陪著笑臉，好奇地問：「怎麼一提起小美人，妳的神經線就變大條了。」

「在你的眼中，我是一個三八查某，」她不屑地白了我一眼，「既然是三八，就構成不了美，叫我小美人，就是存心挖苦我。」

「我絕對沒有這個意思。」我趕緊澄清。

「沒有這個意思？」她重複我的語氣，氣憤地說：「聽我們老闆娘說，你還要幫我做媒呢，妳仔細地想想，有沒有這回事？」

「杜上校蠻欣賞妳的，」我坦誠地說：「如果能嫁給他也不錯啊。」

「錯你的頭啦，」她用手中的船票，敲了我一下頭，「我楊紅紅寧願不嫁，也不會嫁一個比我爸爸年紀還大的老頭子，以後你好好給我記住，少雞婆！」

「真是不好意思，」我有點兒歉疚，「我一直有一個想法……。」我尚未說完。

「什麼想法？」她搶著問。

「以妳的美貌和妝扮來說，嫁給當官的或有錢的人較適合。」

「什麼意思？」她不解地問。

「因為我們金門多數是農家，妳長得那麼嬌小漂亮，每天跟著上山下海，會吃不了那個苦頭的。」

「原來你對我還蠻關心的嘛，」她睜大眼睛，不屑地看我一眼，「真是錯怪你啦！」

我尷尬地笑笑。

「坦白告訴你，除了沒有犁過田外，一般農事還難不倒我，」她信心滿滿地，「如果不信的話，找一天我們下田比比看。」

我疑惑地笑笑。

「懷疑，是嗎？」她似乎已洞察出我的心理。

「不敢。」我笑著說。

「不敢最好。」她有點得意，而後認真地說：「你有多久沒到我們店裡買東西了，老闆娘經常提起你，希望你以後多多光顧，好讓我們多做點生意。」她頓了一下，又說：「如果純粹是為了幫我做媒，那就免了。」

「如果幫我自己做媒呢？」我存心和她開玩笑。

「那得看你有沒有那個膽量了。」她大方地說。

小美人幫我找的那張船票，竟然是太武輪的「愛艙」。我們都知道，太武輪不僅航行速度快，也較一般軍艦平穩。艙內有舒適的床鋪，也可以買到廉價的便當。表叔來往台金多次，首次搭上太武輪，喜悅的形色溢於言表，他再三地感謝我，而我必須感謝小美人。經過側面瞭解，原來，聯檢組副組長是她的乾哥哥。

在戒嚴時期、軍管年代，雖然單行法令一大堆，但那些有頭有臉的社會人士往往會不擇手段，設法越過它的藩籬。甚至，一位活躍在這塊土地的小女子，以她的美貌和靈活的交際手腕，依然能突破戰地政務體制下的束縛，周旋在黨政軍相關人士的身邊，而後各取所需。畢竟，法令是人所擬定的，主政者會替自己預留一個平民百姓、凡夫俗子難以想像的空間，繼而地遊走在它的邊緣，為自己製造更多的特權，一則方便自己，二則做順水人情，這就是戰地金門獨特的景象。

第六章

自從小美人幫我那次忙後，我又恢復到她店裡買東西了。她不喜歡我叫她小美人，我盡量不叫，但有時還是會情不自禁地叫出聲，除了遭受白眼外，免不了會再挨上一句：「你去死。」當然，我也不敢再雞婆，要幫她做媒人了。

其實小美人並沒有如我想像中那麼糟，她不僅隨和也蠻善良的，如果穿著能樸素一點，打扮不要那麼妖艷，還真是一個端莊婉約的大姑娘。尤其在這個民風保守的小島嶼，一味地跟著流行的風尚走，難免會有一些蜚言蜚語。實際上她並沒有做些見不得人或傷風敗俗的事，如果說有，也只是她亮麗的外表和多認識了一些人而已。然而，說她三八的人並不止我一個，但只是暗中的批評，並不敢明講。

有一天，我到福利中心洽公，完畢後已臨近中午，車子路過她店門口，我囑咐駕駛停下，坐在車內擺手和她打招呼。

「是不是要請我去吃鍋貼？」她笑嘻嘻地從裡面走出來。

我一時不知如何來回應她，「鍋貼」兩字讓我傻了眼。

「小氣鬼，忘了是不是？」她走近我車旁，笑著說。

「沒有忘記，」我脫口而說：「永永遠遠不會忘記。」說後，打開車門下車。

「既然沒有忘記，現在我興致來了，就讓你破費破費吧。」

「先講好，如果到了妙意食堂，一不高興轉頭就走，妳會死。」我笑著警告她。

「今天沒有吃到鍋貼絕對不走，因為你不敢再為我做媒了！」她神氣地說，而後哈哈大笑。

「好，大哥我就捨命陪君子……。」我還未說完。

「大你的頭啦，大哥！」她伸手想敲我的頭，「叫阿姐。」

我笑笑，沒有回應她。下車後，給駕駛誤餐費，囑咐他飯後在中正堂電影院門口的停車場等我。

我告訴老闆娘，待會兒帶鍋貼回來請她吃。

「你就省省吧，」她指著我，笑著說：「上一次害我枯等了一個中午，肚子餓個半死，連一個鍋貼影子都沒有見到。我看還是吃自家的地瓜稀飯較穩當。」

「都是楊紅紅害的，」我看了她一眼，不敢再叫小美人，「她的風度實在很差，我只不過跟她開玩笑，她卻掉頭就走，讓我和杜上校尷尬萬分，也害我好久不敢上妳們店買東西。」

「你安的是什麼心，大家心知肚明。」小美人不屑地白了我一眼，「泥菩薩過河，自身都難保了，還想替別人做媒。」

「那麼以後妳來幫我做媒好了。」我對著小美人說。

「我來、我來，」老闆娘興奮地說：「別的不行，做媒人我可不輸人，而且保證成功。」

「開玩笑啦……。」

「開什麼玩笑，」老闆娘正經地說：「男大當婚，女大當嫁，如果有合適的對象，千萬不要錯過。」

「現在金門是男多女少，社會也有點封閉，許多無知的女性常被一些油腔滑調的充員兵耍得團團轉，寧願被騙、也不願嫁給金門人。坦白說，想找一個合適的對象，不是那麼容易的。」我坦誠地說。

「既然你知道金門人的困境，為什麼還想幫我做媒人，要我去嫁給那個老頭子？」小美人責問我說。

「妳的穿著和妝扮，在金門可說沒人比得上，」我有點不客氣，「我是怕金門男人養活不了妳。」

「廢話！」她有點動怒。

「那麼妳嫁給我好了。」我開玩笑地說。

「說定了沒有？」她怒指著我說：「現在就請老闆娘做媒人，不收你的聘金，有種就把我娶回家，從此我粗布衣裳，絕不妝扮，不要以為我三八！」

老闆娘聽後哈哈大笑。

「好、好、好，算妳贏、算妳贏！」我趕緊自打圓場，找下台階，「我們趕快去吃鍋貼，等一下讓老闆娘餓著肚子枯等，那就不好意思了。」

她露出一絲神氣的微笑看看老闆娘。老闆娘恰好正看著她，兩人彷彿有心照不宣之感。

第二次和小美人並肩走在大街上，似乎比上一次自在多了，只因為我對她沒有什麼企圖心。而想不到，我們竟然在妙意食堂，碰到她的乾哥哥，聯檢組副組長李少校一夥，有官有兵共六人。

他們六人霸佔著一張十二人座的大圓桌，依桌上剩餘的菜餚來推測，他們在這裡用餐已有一段時間了。桌下雖然有不少的空酒瓶，桌上卻還有好幾瓶未開蓋的啤酒。

「李大哥，」小美人走過去和他打招呼，「你們在這裡吃飯啊！」

「乾妹，是妳，」李少校瞄了我一眼，隨即轉向她，「陪男朋友來吃飯？」

「不是男朋友，是同鄉啦。」小美人解釋著，「他在政五組服務。」

我禮貌地向他點點頭。

「哇政五組啊，」他紅著臉，滿口的酒臭味，「那以後可以找你要勞軍晚會票，也可以到你們九〇一買福利品啦！」

「歡迎、歡迎。」我禮貌地伸出手和他握住。

「來、來，一起來。」他拉出椅子，招呼著。

「謝謝你，李少校，你們慢用，我們隨便吃一點就走。」

「來、來、來，這些都是組裡的同仁，見過面大家就熟了，不必客氣啦。」他說後轉向小美人，「乾妹，妳坐呀、坐呀！」

小美人無奈地看看我，竟坐了下去，我只好也跟著坐下。一位下士熱心地為我們各倒半杯啤酒，但桌上碗盤裡剩下的菜餚已不多。

「要不要再加點菜？」李少校看看小美人，小美人看看我。

「夠了、夠了，」我客氣地說：「楊小姐胃口小、吃不多，這些菜足夠了。」

「既然你們那麼客氣，」李少校舉起杯，在每位面前巡了一下，「大家喝酒、大家喝酒！」說後，一口喝下半杯啤酒。

小美人和我只是淺嚐。

「來，」李少校斟上酒後對著我，「我敬你，乾啦。」

「對不起李少校，我下午還要開會，大家隨意就好。」我扯了一個謊，應付過去，而小美人就沒有我那麼幸運了。

「乾妹，我敬妳、我敬妳。」李少校舉杯對著小美人，「乾啦！」

「李大哥，你是知道的，我的酒量不好，不能乾。等一下喝醉了對老闆娘不好交代。」小美人含笑地說。

「我們又不是第一次喝酒，誰不知道妳小美人是海量。」他灑脫地說：「妳儘管喝，喝醉了我負責，老闆娘那裡不會有問題啦，一切有我！」

小美人看看我，我只是淡淡地笑笑，並沒有阻擋她喝酒的權利。

「當初叫楊小姐小美人的人、實在太沒有眼光了，」對角的一位上尉說：「以楊小姐的姿色來說，在金門可說是大美人一個。」

「可不是，副組長乾妹妹一大堆，只有楊小姐最漂亮。」另一位上尉接著說。

「豈止漂亮，楊小姐的氣質在金門可說找不到第二個。」一位俊俏的年輕下士也跟著說：「她的穿著和妝扮，許多台灣小姐也比不上。」

許許多多的讚美之辭，誇得小美人心花怒放，身為她的同鄉，的確也與有榮焉。

除了李少校外，在座的官兵幾乎都敬過小美人的酒，有的隨意，有的乾杯，讓小美人快速地紅了小臉。但我也從李少校酒後的舉動中，發現到他有意或無意地碰觸小美人的身軀，甚至有一次還從她的胸前掠過，雖然她快速地往後一仰，但我看得很清楚，李少校的魔手，正不歪不斜地碰到小美人高聳的胸部。從小美人的反應中，一定知道李少校趁機吃她的豆腐，只是不好意思當眾讓他難堪。儘管我也有這種想法，但畢竟我不是小美人的什麼人，從她滿面春風看來，或許他們有某種默契也不一定，我未免替古人擔憂了。

不一會，李少校竟然把手放在小美人的肩上，而後附在她的耳旁，低聲細語地不知對她說些什麼。起初看她聚精會神地聆聽，隨即猛力地撥開他的手，氣憤地站起身，拉起我的手說：

「我們走！」

大家都被她突來的舉動一怔，我還來不及反應就被她莫名其妙地拉著走。

走出妙意食堂，我低聲地問：

「怎麼啦？」

「這個衣冠禽獸的東西，」她憤怒地，「剛才故意碰我、我都忍下，現在竟然又說些不三不四的話，你說氣人不氣人！」

「好了，妳脾氣這麼地一發，將來休想找他要船票。」

「誰稀罕他，」她氣憤又不屑地，「我的門路多的是！」

我以疑惑的眼神看看她。

「怎麼，不信？」

我笑笑。

「金防部副司令官、參謀長，後指部指揮官，海、空指部指揮官，政委會秘書長，縣長，縣黨部主委，沒有一個我不熟悉的。」她神氣地，「一個小小的少校副組長算什麼東西！竟然想吃我楊紅紅的豆腐，自己也不拿鏡子照照。」

「坦白說，搞安檢的這些人我看多了，也太瞭解他們了。」我有些憤激，「他們絕對不會平白幫妳忙的。第一次或許看不出來，經過二次、三次後，狐狸尾巴就慢慢地露出來了。除了討吃討喝外，吃吃漂亮小姐的豆腐更是家常便飯、理所當然。有些鄉親是吃一次虧、學一次乖，過後和他們保持一定的距離；有些則仍然沉迷不悟，以為和這些人打交道，儼然是社會人士，能要到一張船票，就不得了啦。老實說，他們利用職權弄張船票是輕而易舉的事，但這個人情可大啦，只要船一開，他們就會藉機找上門，吃你一頓跑不掉，一旦返台休假，還要你幫他代購高粱酒和黃魚，而這筆帳就等到反攻大陸再算吧。」

「想不到你對他們的瞭解會那麼的深刻。」小美人的情緒已平復了許多。

「我初中輟學後就在金防部政戰部工作，前前後後已經好幾年了，光司令官和主任就換了好幾位，對於軍中的生態環境太瞭解了。」我坦誠地告訴她說。

「其實我只向他們要過三次船票，都是別人請我幫忙的。」她解釋著說。

「其中有一次是我拜託妳的，對不對？」我笑著說，也突然想起，「李少校為什麼叫妳乾妹，妳是不是真的認他做乾哥哥？」

「都是他們那夥瞎起鬨、亂說的。」

「就像以前杜主任叫妳乾女兒一樣？」

「你說我楊紅紅會主動去認什麼乾爹乾媽、乾哥乾弟嗎？」她反問我。

我笑笑。

「我知道你不信，」她嚴肅地，「在你心目中，或許認為我楊紅紅到處交朋友、認識那麼多人，是一個亂七八糟的三八女人，對不對？」

「不、不、不，我絕對沒有這個意思。」我連忙搖著手說：「我一直認為妳不僅長得漂亮也很善良，而且待人誠懇又和氣，將來誰娶到妳，一定很幸福。」

「該不是違心論吧？」她露出一絲笑意。

「真心話。」我聲音高亢地說。

她笑了，笑得很愜意。

「喔，對啦，我們還沒替老闆娘買鍋貼呢！」我突然想起。

「這一次如果再不幫她帶，絕對會被罵死。」她笑著說。

「我們到山東酒樓，」我看看她，「說真的，我的肚子到現在還是空空的，而妳只顧喝酒，雖然吃飽了氣，但並沒有吃什麼東西。我們再去吃點，也好替老闆娘帶一點回去，不要以為我真的那麼小氣，捨不得請妳們。」

「客隨主便。」她高興地說。而在興奮的同時，竟然用她那白皙柔軟的小手，輕輕地勾住我的手指頭。我如觸電般地，趕緊把手縮回來。

「不解風情，不懂情趣，呆子一個！」她轉頭白了我一眼。

我感到頰上有些熾熱，不好意思抬頭看她，也沒有勇氣表示什麼，只傻傻地望著深深的街景笑笑……。

第七章

小美人店中的貨品橫跨文具和百貨，寡居的老闆娘年齡不到四十，從她明媚光澤的臉龐看來，歲月或許只讓她的心靈空虛，並沒有讓她蒼老。她中等身材、口齒清晰，氣質和風度不在話下，不僅沒有中年婦人的老態，更有成熟女人的風韻。當然，她是曉得和氣生財這個箇中道理的，多年的歷練、加上靈活的交際手腕，儼然是商場上的女強人。雇請的女店員，在她的薰陶下，個個能言善道，對顧客彬彬有禮。自從請來小美人後，更讓她的生意蒸蒸日上、財源滾滾，也因此，她待小美人猶如是自已的親姊妹。

戍守在金門的十萬大軍中，上校以上的高官，幾乎都是一些民國三十八年跟隨國軍撤退來台的「老北貢」，雖然有些已在台灣成了家，但必須三個月始能回台灣休假一次。這些人駐守在這個小島的主要目的，顧名思義是為了準備反攻大陸，儘管他們被歸類為高級長官，但在單調的軍中生活中，每個人都想為自己製造一些輕鬆豐盈的生活情趣，只是恥於告訴屬下而已。有部分長官沉迷於特約茶室侍應生的美色，他們為了顧及自己的尊嚴，往往會自行駕車前往，在侍應生房裡待上幾個小時，尋找某一方面的快感，發洩壓抑的性慾。但有時候也顧不了自身的形象，和屬下爭風吃醋、成為笑柄。而有部分長官沒事時，卻喜歡逛逛街，找一些足可當他女兒的小姐或一些頗具姿色的老闆娘聊聊天，過過乾癮，解解苦悶的軍中生活。因此，經常有防衛部的高官，蒞臨小美人店裡，光顧生意的人少，來聊天的人多，老闆娘似乎從不厭煩，無論生意多麼忙碌，總是那麼誠懇地遞煙送茶，盡量地挪出時間，陪他們談天說地。

或許，真的是寡婦門前是非多，時間一久，一些流言蜚語也相繼地到來，經常聽到的是老闆娘和某大官好，某大官要娶老闆娘為妻，老闆娘和某大官睡覺。對於那些有辱人格、毫無根據的傳言，老闆娘始終坦然處之，甚至把它當成耳邊風。然而，許多鄉親也知道老闆娘和軍政界的關係向來良好，有事求助於她的人不少。從謀職到升遷；從搭乘船艦和飛機，老闆娘會衡量事情的輕重和緩急鼎力相助，給請託者一個明確的交代，她這份熱忱的心，比一些擁有頭銜而凡事推諉的政治人物或大官強多了。

一個風雨交加的午後，我親眼目睹一位披頭散髮、形色倉皇，滿身濕漉漉的老婦人來到她的店裡。

「頭家娘，請妳幫幫忙，救救我的孩子……。」老婦人話沒說完，竟跪了下來。

「這位大嬸快起來，」老闆娘見狀，趕緊俯下身，把老婦人扶了起來，「有什麼事慢慢說。」

小美人也快速地搬來一張椅子，扶著她的手臂，禮貌地說：

「大嬸您請坐。」

老闆娘並沒有先問明原由，也沒有嫌棄老婦人一身髒，拿起一塊乾淨的毛巾，二話不說先為老婦人擦拭臉上和頭上的雨水。

「大嬸，您遇到什麼困難啦？」老闆娘關心地問。

「我的孩子…」她的嘴唇有些顫抖，神情淒迷地說：「我的孩子被倒塌的石頭壓斷了腿，胸腔也出血，醫院說不趕快後送到台灣醫治連命都會保不住。他們要我這個不識字的老太婆，去找庶務股、找民政科、找縣黨部，請縣長幫忙。我已經去了三次，不但沒人理我，連縣長的鬼影子也沒見到。頭家娘，大家都說妳很熱心，認識很多大官，很有辦法，妳就行行好，幫幫我的忙，救救我可憐的孩子……。」老婦人說後，竟傷心地哭了起來。

「大嬸先不要難過，您的遭遇讓人同情，大家一起來想辦法。」老闆娘安慰她說。

小美人適時端來一杯溫開水，老闆娘接過後，雙手遞給她說：

「大嬸您先喝杯水，然後我們到衛生院拿診斷證明書，我會想辦法一關一關幫您克服的。」老闆娘信心十足地說。

老婦人感動的神色，盡在不言中。

「我陪大嬸去好了，」小美人對老闆娘說：「衛生院我比較熟，可以直接請他們院長幫忙。一旦診斷證明書拿到後，還要先辦理出境手續，才能送到庶務股排機位，這種事必須專人來跑，如果按一般程序一個月也走不了。」

「大嬸，您是知道的，這就是我們金門人的無奈啊！」老闆娘感嘆地說。

老婦人緊鎖雙眉，茫然地搖搖頭。

「我看這樣好了，」小美人熱心地對老闆娘說：「我幫大嬸跑腿，妳負責和有關單位聯絡，縣政府方面必要時可以找主任秘書幫忙，運輸組和空指部老闆娘妳最熟。」說後轉向老婦人，「大嬸，您放心，不要難過，我們會盡力幫忙的。」

她們熱心助人的義舉善行，簡直讓老婦人感動涕零。

或許是常在她們店中盤桓的原故，我發覺類似求助的大小事件經常有之，小美人似乎也受到老闆娘的影響，樂於幫助別人。但在老一輩的鄉親眼中，一個女孩子經常和那些阿兵哥和大官打交道，難免會讓人誤認為她不正經。起初我也是有這種想法的，而日子久了，從她的言行來看，的確讓人有所改觀。於是，她善良、熱心、真誠的一面，也逐漸地呈現在我面前，我竟不自覺地喜歡上她，這似乎是我料想不到的事。

有一天下班後，我閒著沒事竟搭乘政三組郭監察官的便車來到山外，獨自一人來到她們店裡。

「出來買東西？」她看見我，從櫃檯站了起來，親切地問。

「那裡天天有東西可買，」我笑著，卻不經意地脫口而說：「我是專程來請妳去看電影的。」

「真的？」她興奮而急促地問：「中正堂還是僑聲？」

我笑笑。

「你要我，是不是？」她認真地說。

「妳真想看？」

「廢話！」

「妳不怕人家說閒話？」

「怕你的大頭啦，」她白了我一眼，「小氣鬼，理由一大堆！」

「好，既然妳不怕人家說閒話，大哥就陪妳從僑聲看到中正堂。」

「堂堂男子漢，連看場電影也怕人家說閒話，還好意思自稱大哥。真是笑掉大姐的門牙！」她指著我，笑著說。

「好厲害的楊紅紅，妳還真是以牙還牙啊！」

「男孩子凡事要果斷、有擔當，不要畏首畏尾，知道嗎？」她數落我，「大家都是朋友，一起看場電影有什麼大驚小怪的！」

「是的，大姐！」我故作鎮靜，「不知您喜歡僑聲的西片、還是中正堂的國片？」

「別假正經，」她皺皺鼻子，「既然你誠心誠意要請客，老話一句：客隨主便。」

「要不要請我？」老闆娘適時走出來，笑著問。

「當然。」我不加考慮地說：「看中正堂的國片好了，我先去買票。」

「別緊張兮兮的，好像沒看過電影似的，」小美人看了我一眼，「今天既不是禮拜天，放映的也不是什麼名片，位子多得很，時間到了再買也不遲，何必多跑一趟。」

「要不要一起吃飯？」老闆娘客氣地問。

「謝謝老闆娘，我吃過了。」

「那麼你先幫忙看一下店，我和小紅進去吃飯，如果有客人來的話再叫我。」

「只要老闆娘信得過我，那還有什麼問題。」我懇切地說。

「廢話！」小美人瞪了我一眼，「信不過你還會叫你看店？」

「怎麼妳的口氣愈來愈像我的大姐。」我話一出口，惹得她們哈哈大笑。

當她們用完餐出來後，只見小美人梳頭又補粧，而老闆娘卻毫無打烊同去看電影的動靜。

「老闆娘，」我禮貌地，「不是說好要一起去看電影嗎？」

「你以為我昏了頭啦，會去做你們的夾心餅、還是去當你們的電燈泡？」她笑著說。

「我們又不是什麼親密的男女朋友或情人，」我解釋著說：「老闆娘妳多慮了。」

「不是我多慮，」老闆娘使了一個眼色，「有人會討厭啦！」

「我們走、我們走，」小美人拉拉我的衣袖，看看老闆娘，「用轎子抬也抬不動她，別在這裡浪費時間了。」

我又一次地和小美人走在街燈閃爍的街道上，儘管我們懷抱的是一顆坦然的心，但終究還是會引起路人的側目，甚至有人會對著她吹口哨，只因為她的目標太顯眼。

來到中正堂的圍牆外，第二場電影剛散場，整個操場擠滿著進出的人潮。

「我先去買票。」我看看小美人，而後加快腳步朝售票處走去。

雖然不是假日，但兩個售票口依然排著緩緩前進的買票隊伍。當輪到我時，一個蓬頭散髮的年輕人，拿著錢從右邊插隊、快速地想把手伸進售票口。

「請不要插隊。」我瞄了他一眼，火速地把它擋了回去。

「怎麼，」他毫不講理，一把把我從隊伍中拉出來，怒目地問我說：「你不服氣？」

「你沒看到，」我指著售票處懸掛的牌子說：「請排隊購票。」

「老子偏偏不排隊，」他順手推了我一下，囂張地說：「你要怎樣？」

「別人排隊，你為什麼要插隊？」小美人快速地走到我身邊，怒指他說：「你欺負老實人是不是？」

「有種到外面講！」他指著外面，傲慢地說。

「到外面講就到外面講，」小美人不甘示弱，竟走在前頭，「別以為我怕你！」我趕緊走上前，準備護衛著小美人，想不到他竟先出手，用手腕緊緊地扣著我的脖子不放。儘管我使出力氣想掙脫，但依然是弱勢，甚至被他扣得更緊，氣都快喘不過來。

「放開他！」小美人企圖扳開他的手腕，但並沒有成功。

我再次地掙扎，雖然沒有掙脫，卻使出力氣，用手肘猛力地襲擊他的下腹部，他「哎喲」一聲，竟鬆開緊扣我脖子的手，而小美人卻快速地脫掉鞋子，乘機往他身上猛打，讓圍觀的人看傻了眼。

他已由強勢變成弱勢，怒目地站在一旁，用手帕不停地擦著出血的嘴角。

我不想再惹事生非，趕緊扶著小美人，讓她把鞋子穿好。

「你有沒有怎樣？」她用手摸摸我的脖子，關心地問。

我搖搖頭，一時說不出話來。

「我們走。」她穿好鞋，拉著我的手走了幾步，竟又轉頭對著一旁的無賴說：「告訴你，我楊紅紅不是那麼好欺負的！」

「大家等著瞧！」他又放話警告。

「隨你便！」小美人依然強硬地。

「赤查某！」他尖聲地指著小美人說。

「知道就好！」小美人咬牙切齒地回應他。

想看一場電影的愉悅心情，竟被這個突來的事件破壞掉。我們沒有重新排隊買票，小美人拉著我，繞過中正堂的圍牆，緩緩地走在幽靜的山外溪畔。

「真是對不起，」我淡淡地說：「不但沒有善盡保護妳的職責，反而要妳來替我解圍。」

「我最討厭那些不務正業的流氓無賴，」她依舊怒氣沖沖，「專門欺負老實人。」

「看來妳真的很『赤』。」我笑著說。

「別以為所有的女人都是弱者。」她有點得意。

「人真的不可貌相，」我有感而發，「從外表看來有點弱不禁風，但處理事情卻是得理不饒人，真是赤查某一個。」

她捏緊我的手，哈哈大笑。

我們在山外溪的源頭，一個叫「映碧塘」的堤岸坐下。一輪皎潔的明月停留在木麻黃樹梢的頂端，映照在碧波無痕的水面上，反射出一絲銀色的光芒，讓堤畔更富有羅曼蒂克的韻味。

「今晚是我平生第一次和一位女生，並肩同坐在這個幽靜的堤岸上。」我望著微微晃動的塘邊水草，低聲地說。

「你高興嗎？」她柔聲地問我。

「當然。」

「你會不會認為我是一個三八查某？」她在意地問。

「以前有些誤解，現在已完全改觀。」我坦誠地說。

「還想幫我做媒人嗎？」

「不敢、不敢，再也不敢了！」我說後，竟大膽地把她摟進懷裡。

她不僅沒有拒絕，反而雙手環過我的腰，緊緊地摟著我。

一陣陣髮香，一陣陣少女的幽香，讓我沉醉在這個美麗的月夜裡。我用手輕輕地撫著她烏黑光澤的髮絲，一遍遍，輕輕地；輕輕地，一遍遍，整顆心也隨著她因呼吸而起伏的胸部，急速地、不停地跳動，讓我感受到前所未有的喜悅和愜意。

「你有沒有交過女朋友？」她仰起頭，低聲地問。

「儘管男女朋友的定義很廣泛，但妳卻是我此生第一個較親密的女朋友。」

「是嗎？」

「我沒有騙妳。」

「像你那麼活躍的青年，沒有女朋友，誰相信。」

「坦白說，因業務而認識的女性雖然不少，但那只限於公務上的接觸。真正談得最多的、較親密的，只有妳楊紅紅一個。」

「或許，很多鄉親看我成天嘻嘻哈哈的結交那麼多朋友，暗中一定罵我三八不正經，或以更惡毒的言辭來批評我。但我老實告訴你，我楊紅紅絕對清清白白，所做的每件事，都是光明磊落、對得起天地良心。交我這個朋友，不會讓你抬不起頭來的，你儘管放心。」

「我相信妳，」我再次地撫著她柔美的髮絲，「妳不僅善良也很熱心。」

「我從未害人，也沒有做過虧心事，善良這二個字我照單全收。」她說著，竟拉起我的手，放在她的胸前，柔聲地說：「你從未碰觸過我，怎麼知道我的心是熱的呢？現在就讓你摸摸看，讓你體會體會它的熱度究竟有多少，看看能不能熔化你的心。」

霎時，青春的慾火不停地在我體內燃燒，我很想很想低頭親吻她，很想很想把手伸入她的體內，觸摸那對讓人無限遐想的雙峰。然而，理智告訴我不能有所逾越，不能心存邪念，不能對一個善良的女性有任何不當的的企圖。於是，我輕輕地把手縮回來，卻轉而把她摟得緊緊的，而摟緊是否能讓我心中的慾火自然地熄滅，還是要把身旁這位散發著青春氣息的女子佔為已有才甘心。

她猛而地仰起頭，雙手快速地勾著我的脖子，二片櫻紅的香唇就在那短短的一瞬間貼在我的唇上，滾燙的舌尖不停地在我嘴裡蠕動和探尋，不一會，竟然那麼巧合地和我的舌尖捲在一起。我的唾液在她口中已成甘泉，她不停地吸著吸著，是否要把它吸乾才過癮。

終於她鬆開了我，卻把頭緊緊地埋在我的胸前，好像要鑽進我的心坎裡似的。我感到溫馨、感到喜悅，這也是我青春歲月難得的體會，我會倍加珍惜的。

明月依然高掛在天際，第四場電影沒有那麼快就散場，在木麻黃濃密的樹蔭下，在長滿青草的堤岸上，我們走過青春歲月的第一道關卡，往後絕對是光明在望，而不是前途茫茫……。

第八章

小美人的父親楊伯伯因胃病住進金門衛生院，經過醫生診斷結果，發覺病情並不輕，必須轉往設備較完善的尚義醫院治療。如依小美人的交際和人脈關係，把自己的父親轉院接受層級較高的醫療是不成問題的，但偏偏楊伯伯的病情延宕多時，已是胃癌末期，隨時有與世長辭的可能。小美人得知這個不幸的消息後，更是聲淚俱下，久久不能自己。基於朋友關係，我不得不抽空到醫院探望他老人家。

那天我抵達醫院、進入他的病房時，楊伯伯眼睛微閉，臉龐泛黃消瘦，沒有一點兒血色，皮包骨的手臂露在棉被外，床頭吊著一瓶維持他生命機能運轉的點滴，細細的塑膠管尾端套著長針，插在手背上的血管裡，而後用白色的醫用膠帶纏住，以防止針頭脫落。

小美人坐在床頭，多日不施脂粉的她看來有點清瘦，她不停地用手撫撫父親深凹的臉頰以及粗糙的雙手，眼裡流露的，盡是一份難以取代的父女深情。

「病情有沒有穩定點？」我關心地問。

「醫院已開出病危通知單，隨時會離開我們。」她哽咽地說。

「既然是這樣，妳必須要勇敢的面對現實。」我安慰和開導她說：「伯父只有妳這位獨生女，伯母也承受不了這個打擊，這個重擔勢必要妳來擔負。」

她含淚地點點頭。

「還有一點、妳必須記住，」我低聲地說：「依我們金門傳統的習俗，人一旦在外面往生，靈身則不能入村，所以妳必須時刻加以注意，倘若藥物控制不住病情，而有繼續惡化的現象，在老人家彌留時，應該和醫生商量，讓他盡速回家，以免見不到供桌上的列祖列宗，而有所憾。」

「陳大哥……」她以一對水汪汪的眼睛看著我。

我卻被這突來的稱呼感到訝異。

「雖然在我心中，你有時像極了小弟，但此時，我不能不這樣稱呼你。」她的眼神，流露出一絲無奈，但也有一份懇求，「希望你能協助我，讓我度過這個難關。」

「只要妳需要，我可以請假陪伴在妳身邊，隨時隨地接受妳的差遣。」我懇切地說。

「我們同在這塊島嶼長大，對家鄉的習俗較為瞭解，有很多事，外人是幫不上忙的。」她看著我說。

「這點我清楚。」

「不過，」她頓了一下，「請假倒不必，如果有緊急的事請你幫忙的話，我會打電話給你。」

「假如服務台的電話不好打，妳就直接到政戰處，找處長或政戰官都可以，只要提起我的名字，他們絕對會幫忙的。」我囑咐她說。

「謝謝你，陳大哥。」

因公務上的繁忙，我沒有停留太久，而就在那晚臨近十點，我卻接到小美人的電話。

「陳大哥，」她的聲音急促，「我爸不行了，你快來幫我！」

我向組長借了車和夜間通行證，火速地趕到醫院，楊伯伯已奄奄一息，床前圍著醫生、護士、小美人和楊伯母。我問明詳情後，懇求醫生為楊伯伯打一針強心劑，以防中途斷氣。並請處長幫忙調派一輛救護車，終於在十二點前，順利地把楊伯伯送回老家古厝的大廳。

小美人家左鄰右舍聞訊都趕來幫忙，他們搬來二張長椅放在大廳的右側，從古式眠床卸下三塊舖板，墊上草蓆，它也是俗稱的「水床」，楊伯伯將在這張傳統的水床上暫時歇息，而後淨身、更衣，至到移入「大厝」為止。

儘管我與小美人很熟悉，也共同譜下青春歲月的第一首戀曲，往後我們的感情，是否能更進一步發展，的確是一個未知數。而此時，我與她非親非故，只不過是男女朋友，雖然有心想幫忙，但很多事並非是一個外人能插上手的。

出殯那天，我送上一份不薄的奠儀，也親自來送楊伯伯一程，但那些平日和小美人熟悉的大官或社會人士卻一個個不見蹤影，這或許就是這個社會極其自然的現象，沒什麼好大驚小怪的。

在家祭時，我發覺一位憨厚的青年，他穿著一件不大合身的白襯衫，不僅領子太大，袖子也太長；黑色的長褲或許腰圍太寬、皮帶又繫得太緊而糾在一起，形成右褲管長左褲管短的窘態。從他的穿著和儀容來看，我合理的推測，他的智商可能較一般人為低。當司儀高喊「叩首」時，依禮俗必須跪地三拜，而他卻跪在地上，俯首連聲「呼、呼、呼」呼了三次，明眼人都知道他拜錯了。儘管這是一個感傷的場面，但依然引起在場者一陣譁然。而他卻一副無所謂的樣子，以致引起許多旁觀者的議論。

這位青年原來是楊紅紅的表哥，他是來祭拜舅舅的。他的母親，就是楊紅紅的姑姑，大家叫她：虎母姑仔。

有人說：這對「姑子」、「妗子」的表兄妹，未出世時，就指腹為婚，將來是一對親上加親的「尪某」。

有人說：男的老實憨厚不識字，女的俏麗外向讀過書，將來怎能配成雙。

有人說：楊家已沒有男主人，以虎母姑仔的強勢和霸道，誰膽敢毀約不聽從。

雖然我在這裡聽到不少有關楊紅紅的事，但都把它當成耳邊風，並沒有激起我心裡任何的波動，一切等以後再找機會詢問她吧。況且，我只不過是她眾多朋友其中的一位而已，倘使現在要論及婚嫁，可說連邊都沾不上。

做完父親的「頭七」後，楊紅紅穿著一身素服又開始上班了。雖然沒有刻意地妝扮，卻依然能讓人感受到她那份清純的美，這或許就是所謂麗質天生吧。

「陳大哥，這些日子來，非常謝謝你的幫忙。」一見面，她就趕緊地說。

「說來真是不好意思，有些事想幫忙也幫不了。」我微微地笑笑，「坦白說，鄉下較有人情味，能夠幫忙的人手又多，儘管我們是好朋友，但有些事並非外人能插上手的。」

「只要你有這份心意就好，」她眼眶有些微紅，「孤女寡母，總算把父親送上山頭了，往後母親勢必會更孤單。」

「妳也不必太難過，」我安慰她說：「人世間有生就有死，彷彿是自然界的定律，誰也逃不過這一關。」

「你不知道，一個無父的孩子有多麼地可憐，」她感傷地說：「以前不懂得珍惜，現在想孝順他也沒機會了。」

「不錯，樹欲靜而風不止，子欲養而親不待，這是世間常有的事，身為人類的我們，又能奈何？」

「山上那幾畝田地不知要怎麼辦才好，」她有所顧慮地，「靠母親一個人是無法耕種的，一旦休耕，欄裡的畜牲要用什麼來餵養？陳大哥，為了這些事，我整整好幾個晚上都睡不著覺。」

「俗語說：船到橋頭自然直，想太多無濟於事。」我頓了一下，而後看看她說：「田裡的工作是有季節性的，一些較笨重的工作可以找人幫幫忙，其他的小事，相信伯母一個人足可應付過來的。」

「農忙，大家都忙，誰會放著自己的工作不做，去幫別人家的忙？」

「這樣好了，」我突然想起，「假如妳和伯母不嫌棄我笨手笨腳的話，我願意利用星期假日，到妳家去幫忙。」

「真的？」她訝異又興奮地。

我含笑地點點頭。

「讓我先謝謝你，陳大哥。」她露出一絲喜悅的微笑，「你會犁田嗎？」

「不是在妳面前吹牛，」我滿懷自信地說：「對農耕雖然不是很專精，但田裡的工作，從整地到犁田，從播種到除草，從施肥到收成，幾乎樣樣做過。」

「陳大哥，我小看你了！」她高興地說。

「別高興太早，萬一不能讓妳們滿意，而淪為吹牛，那就糗大了。」

「我對你有信心。」她認真地說。

「但願如此，」我雖然有滿懷的信心，但還是謙虛地說：「倘若有不盡人意的地方，我們就相互包容吧。」

「陳大哥，您客氣了。」她露出這段時間，難得展現的笑容。

我陪她笑笑，而這個會心的微笑，是否能笑出往後的希望，還是隨著雲煙消逝？身處在這個多變的社會，一切都是未知數……。

那晚，為了想安撫她失怙的心情，我陪著她，順著太湖寬闊的柏油路，緩緩地漫步著。我們的腳步輕盈，木麻黃樹下更是一片幽靜，當我們朝著士校那條畢直的馬路前行時，驀然聽到遠方有一陣陣幽美的輕音樂聲，以及歌唱的聲音傳來。

「士校可能有晚會。」我隨興說。

「對我來說，晚會比電影更具吸引力。」她轉頭看看我。

「康樂業務是我們組裡承辦的，惟恐長官臨時有任務交代，經常要跟隨組長到擎天廳待命，有時不想看也得看。老實講，我是看厭了。」說後，我不好意思地看看她，「答應要請妳到擎天廳看晚會，一直沒有實現。」

「以後再說吧。」她不在乎地說。

「除非有台灣來的勞軍團，要不，藝工隊那些三流節目，也沒有什麼好看的。」

「可能是你們看多了，我認為藝工隊有些節目還是不錯的。」

「如果妳有興趣，我們現在就到士校看。」

「進得去嗎？」

「我跟他們主任和政戰官都很熟。」

她猶豫了一下。

「這段時間，妳的心情也夠沉悶了。」我愛憐地，「我們進去聽聽歌、看看表演，好讓妳紓緩一下緊繃的情緒。」

「我還在守孝，不知方便不方便。」她有些顧慮。

「又不是去參加喜宴。」

她點點頭，似乎認同我的看法。

來到士校大門口，我請安全士官向政戰官通報，因為彼此間有業務上的往來，不一會就把我們帶進大禮堂。雖然節目已開始，禮堂亦已坐滿著士校的學生和幹部，也有少數百姓。為了不願麻煩政戰官幫我們找座位，以及引起旁人的注意，我們索性站在後面一個不起眼的角落觀賞。

小美人似乎獨鍾藝術歌曲的演唱，對林玲的歌聲稱讚不已。

「這位小姐不僅長得漂亮，氣質也不在話下，她的歌喉，比起上次台灣來的那些歌星，簡直是有過之而無不及。」

「她叫林玲，是藝工隊的台柱，」我向她介紹著，「聲韻不錯，會唱的歌很多，舞蹈也沒話講，不僅觀眾喜愛，長官也非常讚賞，是一個非常清純的女孩。」

「你跟她很熟悉？」她好奇地問。

「我們同在一所餐廳吃飯。」我據實說，但也有所保留。不想告訴她，我們不僅熟悉，交情也不錯，以免引起不必要的誤會。

「那你天天可以看到她囉。」她笑著說。

「她吃她的飯，我喝我的湯，有什麼好看的。」我淡淡地一笑。

「大單位就是不一樣。」

「怎麼說呢？」

「可以一邊吃飯，一邊欣賞美女。」

「別人我不敢講，我是沒有那份雅興的。並非我自持清高，有時看她們一夥在餐廳裡面，嘁嘁喳喳的說個沒完，無形中心裡就會衍生出一份厭惡感。況且，我成天忙得要死，根本懶得看她們一眼。」我有些誇大其詞。

她聚精會神地聽我說，而後疑惑地笑笑。

變完魔術後，接下來是相聲，小美人似乎已提不起興趣，她拉拉我的衣袖說：

「時間不早了，相聲沒什麼好看的，我們回去吧。」

我點點頭，沒有向政戰官打招呼，逕自走出禮堂。

「林玲幾乎把每一首歌都詮釋得淋漓盡致，」走出士校大門，小美人神情怡悅地說：「她的歌聲簡直美得沒話說。」

「原來妳也是行家。」

「行家倒不敢，沒事時喜歡哼哼唱唱。」

「記得有一次在大膽島上勞軍演出，她曾經禁不起台下觀眾熱烈的掌聲，連續唱了好幾首藝術歌曲，簡直是欲罷不能，讓台下的官兵拍紅了雙手，掌聲持續了好幾分鐘。」

「人長得漂亮，歌又唱得好，你們營區一定有很多人追她。」

「追也是白追。」我故意說。

「為什麼？」她不解地問。

「她與眾不同，是藝工隊少有的正經。」

「或許，聲樂造詣高的演唱家，有她高標準的擇偶條件。但愛情這種東西有時候也很難講。」

「說來也是，再怎麼想、也想不到我們會在一起。」我牽起她的手，興奮地說。

「說不定有一天也會分離。」她看看我，淡淡地笑笑。

我突然地被她這句話怔住。她是否早已知道自己和表哥指腹為婚的事，馬上就要面臨結婚的命運，隨時都有離開我的可能，而對我所做的暗示。果真如此的話，我必須要有所警惕和心理準備，以免投入太多的感情不能自持，最後落得滿身傷痕，那是不值得的。但仔細地想想，我此時的想法似乎太悲觀了一點，對這份得來不易的愛情絕對不能懷疑，除非小美人親口告訴我，否則，我是沒有理由做任何臆測的。

第九章

時序寒露過後是霜降，田裡的地瓜都已收成，淨空的田地必須重新整地鬆土，以免雜草叢生、影響春耕。

為了實現對小美人的諾言，我和她約好這個星期日將先為她們家整地。但禮拜天也是街上生意最忙碌的一天，她必須幫老闆娘照顧生意，不能陪我上山工作，希望我能體諒她的處境。既然答應要幫人家的忙，對於這一點，我是不會計較的。

那天，我一早就搭乘公車來到小美人家裡，楊伯母也知道我的來意。

「要你犧牲假日來幫我們家的忙，真是說不過去。」她客氣地說。

「伯母，您不要客氣，禮拜天沒什麼事，閒著也是閒著。」我禮貌地解釋著說。

伯母牽著牛、提著一隻小竹籃，裡面放著一壺水，兩個小茶杯，還有一包餅乾，走在前頭帶路，我荷犁扛鋤跟著走。崎嶇蜿蜒的山路，是這個島嶼獨特的景象。楊家的農地距離村莊很遠，荷著犁和鋤頭走遠路，久了，肩上難免有點痠，但我懂得適時調整肩負的位置，儘管路遙，還是順利地抵達那塊零亂的蕃薯田。

「伯母，您去忙其他的事，這裡我一個人來犁就可以了。」我接過她手中的牛繩說。

「那就麻煩你了。」她依然客氣地。

我牽著牛，讓牠先在田埂上吃點青草，也順便看看週遭的景色。遠處是高低起伏的山丘，右邊是層層鐵絲網圍繞著的海岸，以及衛兵崗哨旁一株株沒有美感的木麻黃，其他的都是農田。

我脫下鞋襪，捲起褲管，把犁荷到田裡，再把牛牽到犁前，輕輕地拍拍牠的背部，套上「牛軛車」，然後握住犁柄，揮動牛繩，一聲「嗨」後，老牛拖著犁，一步步，不停地來來回回，把結實的田土翻鬆。偶而地還會翻出幾塊未曾挖淨的小蕃薯，我俯下身，順手撿起來，丟到田埂上，待犁完地後，再把它集中起來，好讓伯母帶回家餵養畜牲。

在農耕的項目中，「犁草田」是較簡單的事，它不像犁「蕃薯股」或「土豆股」那麼繁鎖，只要右手握住犁柄，左手牽著牛繩，一來一往就可以。初學犁田的人，往往是從犁草田開始，起初難免會歪歪斜斜，但卻不怪自己經驗不老到，而怪老牛沒有把步伐走整齊，揮起長長的牛鞭，便往牛身上抽打下去，老牛一受驚，就加快腳步狂奔，經常把人和犁拖著走，必須慢慢地來安撫牠，才能讓牠的情緒平復，這似乎也是我初習農耕永遠不能忘懷的記憶。

一畝多的蕃薯田，很快就把它犁好。我把牛拴在田埂上，拿起鋤頭，把田頭田尾沒有犁到的地方，一鋤一鋤地翻鬆它，從田埂延伸下來的雜草也一併把它清除。整體看來，還差強人意，但這只是農耕最起碼的小本事，並沒有難處，也沒有什麼值得炫耀的地方。

楊伯母見我已把這塊地犁好，從不遠的另一塊地走過來，客氣地倒給我一杯水。

「來，」她慈祥地說：「先喝杯水，吃塊餅乾，休息休息再說。」

「伯母您先請，」我禮貌地比了一個手勢，沒有接過她手中的水，而後從竹籃裡拿出茶壺和杯子說：「我自己來。」

她又快速地撕開餅乾盒子，遞到我面前，親切地說：「來，吃塊餅乾。」

我們像其他農人一樣，在耕作告一個段落時，坐在田埂上休息、喝茶、吃點心，當然，也順便聊聊天。

伯母關心地問起我的家境以及目前的工作狀況，我都一一地向她稟告。

「你與小紅認識多久了。」她突然問。

「一年多了，」我對著她笑笑，也順便解釋著，「我們是好朋友。」

「這點我知道，」她點點頭，「如果不是好朋友，你怎麼會來幫我們的忙。」

我淡淡地笑笑。

「不知道小紅有沒有告訴過你，她自小和表哥訂親的事？」

「她沒有告訴過我。」我坦誠地說：「我是在伯父的喪禮上，聽人提起的。」

「我那個小姑既強勢又精靈，卻偏偏生下這麼一個傻兒子。」她微嘆了一口氣，「妹夫又早逝，將來真不知要如何才好。」

「那位表哥看起來忠厚老實，身體也蠻強壯的，像這種農事，一定難不倒他。」

「恰恰相反，」伯母唇角掠過一絲苦笑，「塊頭雖大，卻是笨手笨腳的，到現在連犁田都不會，將來一旦小紅嫁過去，也是苦命一個。」

「小紅願意跟表哥成親嗎？」我以試探的口吻問。

「這是她的命，」伯母有些無奈，「當初是她爸爸和姑姑做的決定，誰敢毀約。尤其在這個小島上，更不能不守信諾，大家都要做人。」

我一時無言以對。心想，倘若這門婚事成真，那將是小美人不幸和苦難的開始。雖然我愛她，但能用什麼方法來改變她的命運？帶她走，離開這塊島嶼，走得遠遠的，同去開拓我們幸福美麗的人生。然而，能嗎？或許將淪為拐騙人家未婚妻的罪名，這個罪名勢必永永遠遠洗不清；甚至，也會被這塊島嶼的人們所唾棄。但繼而地一想，這似乎也是我的多慮，說不定小美人對這門婚事很滿意也不一定。

「伯母，時間還早，還有那一塊地需要犁的？」我喝完最後一口茶，站起身，拍拍臀部的泥沙說。

「你會不會覺得累？」她關心地問。

「不會啦，伯母，」我含笑地說：「犁田是最輕鬆的工作，跟著牛一來一往，一點也不覺得累。」

「那就犁那一塊好了。」她指著右方的一小塊地說。

我重新荷起犁、扛著鋤頭，牽著牛，走到伯母指定那塊田地。這塊地的土質較硬，老牛雖然有點吃力，但它面積小，不一會功夫，就犁好了。伯母誇讚我犁田的動作快，拿起鋤頭也是乾淨利落，一點都不含糊。

「要是小紅的表哥有你一半就好了，」她搖搖頭，看看我說：「我喜歡的就是像你這種勤快、做起事來又乾淨利落的年輕人。」

我不好意思地笑笑。

「我把牛牽到左邊的草埔放牧，然後我們一起回家吃午飯。」伯母說。

「那我去把田埂上的小蕃薯撿起來，好帶回家餵豬。」我說著，順手提起小籃子。

她滿意地點點頭。

回到楊家，已近午時，我也不懂得客氣和推辭，就留下來吃午飯。但眼見楊伯母一人忙進忙出的，實在心有不捨，於是我主動到廚房幫她燒柴火，免得她鍋與爐火兩邊忙。我所作所為，讓她十分感動。

「要是小紅有一個像你這麼懂事又勤奮的夫婿，不知有多好。」她嚴肅地說。

我的面頰有點熾熱，不知是爐火反射的因素，還是另有他故。她的話雖然讓我感到窩心，但誰有能力來改變既定的事實，誰敢於向命運之神挑戰？或許，弱者，你的名字就叫人。

飯後，我和伯母約定，下個禮拜天再來幫忙。儘管我不可能成為她們家的女婿，但畢竟，小美人對我很好，雖然沒有許下緣訂終生、長相廝守的諾言，但我們曾經相互擁抱和熱吻，曾經度過一段快樂美好的時光，這些都是我此生難於忘懷的回憶。而當我知道她有一個自小指腹為婚的未婚夫時，是否可以繼續和她來往，是否能再相互擁抱和熱吻？萬一我們的感情昇華到沸點的時候，屆時，誰也離不了誰，誰也不願做負心人，那不知該怎麼辦才好。我的心裡充滿著矛盾和無奈，也有幾許憂愁。

來到新市里雖是下午，但擁擠的人潮和熱絡的街景依然沒有減溫。小美人發現我後，趕緊從店裡跑出來，竟不顧眾目睽睽，拉起我的手，輕撫我的面頰，柔聲地說：

「辛苦了，臉也曬紅了。」

我淡淡地笑笑。

「走，進去坐坐，」她輕推了我一下，「我給你倒茶。」

為了不影響她們做生意，我與老闆娘打過招呼後，直往裡面的小客廳走。小美人為我端來一杯茶後，又回到店裡忙碌著。

我獨自一人坐在低矮的靠背椅上，輕啜了一口茶後閉上眼，或許犁了一上午田有些疲倦，竟在不自覺中打起盹來。在短暫的睡夢中，小美人俏麗的倩影彷彿就在我身旁，但也看到一個與她極不搭配的身影……

「怎麼睡著了？」

不知過了多久，我聽到小美人悅耳的聲音。我趕緊睜開眼，調整坐的姿勢，不好意思地對她笑笑。

「是不是太疲倦了？」她關心地問。

「沒有。」我簡短地答。

「那怎麼會睡著呢？」

「或許自個兒坐在這裡，有點無聊吧。」我解釋著說。

「晚上我們一起到僑聲戲院看電影，」她含情脈脈地看著我，「好不好？」

「改天吧，」我頓了一下，「明天區分部要開委員會，還有一些資料沒準備好，我必須趕回去加班。」

「既然這樣，」她沉思了一會，「我請你去吃麵，吃完麵再走。」

「不用了，」我看了一下腕錶，「回去還趕得上晚餐。」

她收起了笑容，不再說什麼。

我順勢站起身，禮貌地和老闆娘道再見後緩緩地步出店門，走在人潮漸退的新市街道，而後經過山外村，抄著村後那條羊腸小徑直回武揚。

操場上已有部分早歸的官兵等著晚餐，彼此打過招呼後，我索性坐在那株高大的尤加利樹下的石椅上，面對著巨岩堆疊的太武山巒，小美人俏麗的身影又不自覺地在我腦裡盤旋，但不一會，隨即被藝工隊那個漂亮的女孩打斷。她，就是林玲。

「陳大哥。」她從背後拍了我一下肩膀，而後尖叫了一聲。

「小鬼，」我不悅地轉頭看了她一眼，「妳想嚇死人是不是？」

「看你坐在這裡發呆，到底在想誰啊？竟然沒發現到我。」她快速地走過來，在我身旁坐下。

「有誰值得我想的，」我笑著說：「老實告訴妳：肚子餓了想吃飯。」

「我看不見得，」她疑惑地笑笑，「你想山外那個小美人，是不是？」

「想妳。」我瞪了她一眼，低聲地和她開玩笑說。

「真是這樣？」她皺了一下鼻子，「少跟我來這套！」

「我沒騙妳，」我笑著說：「我正想著要如何來追求妳，到底是先請妳吃飯呢？還是先請妳看電影？抑或是像魔術師一樣，把妳變到床上去。」

「你去死啦，」她打了我一下，「別一天到晚尋我窮開心，隊上誰不知道你已經有了一個人見人愛的小美人。」

「人家有未婚夫啦。」我坦誠地告訴她說。

「既然知道人家有未婚夫，怎麼還可以和她在一起？」她責問我說。

「我們只不過是普通朋友，」我為自己辯解，而後反問她，「為什麼不能在一起？」

「笑死人，」她不屑地白了我一眼，「我親眼看見你們肩並肩、親親密密地到中正堂看電影，還合力和人家打架，這叫普通朋友？」

「妳是保防官、還是反情報隊的線民？」

「你摸摸良心說說看，武揚營區所有的女生，有誰比我更關心你的？」

「在我的感覺中，妳林玲只會為我添麻煩。」

「我為你添什麼麻煩啦？」她有點不悅。

「大哥今天心情不好不想說。」我站了起來。

「你今天非要給我講清楚、說明白，」她也站了起來，「我到底為你添什麼麻煩？」

「妳一天到晚來要福利點券、勞軍電影票、免費洗衣票、免費沐浴票……要東要西的，只差沒有要特約茶室娛樂票而已；還帶一大票人超額購買福利品，難道這些不是為我添麻煩嗎？」

「我是看得起你，」她好氣又好笑，「這些事如果你不幫忙，憑我林玲，照樣可以找組長、找主任、找司令官要。大哥，您知道不知道？」

「說來說去，都是妳的理由。」我強裝笑臉，「妳漂亮，我說不過妳！」

「認輸了是不是？」

「金防部所有官兵，誰不知道妳林玲長得既漂亮又伶牙俐齒的。」

「那麼大哥，今晚我們就別在餐廳吃大鍋飯了。」她有點得意。

「妳準備請客？」

「小妹我請客，大哥您付錢。」

「厚臉皮！」我瞪了她一眼。

「剛抹過粉，」她摸了一下臉，「比起大哥您，當然要厚多了。」她說著說著，竟笑出聲來。

「好吧，今天犁了一上午田，的確有點疲倦，一想起餐廳的大鍋飯，實在也沒什麼胃口，我們到文康中心吃炒麵。」

「你回家耕田啦？」她關心地問。

「不，幫小美人家的忙。」我老實說。

「你不是說小美人已經有未婚夫了嗎？」她訝異而不平地說：「她為什麼不找自己的未婚夫幫忙，而找上你？看你老實好欺負是不是？」

「我是上午才聽她母親說的，」我坦然地，「大家都是朋友，幫點小忙無所謂。」

「以後還會去幫忙嗎？」

「我和楊伯母約好了，下個禮拜還要去幫忙。」

「呆子，」她白了我一眼，「累死活該！」

「下個禮拜我帶妳一起去好了。」我笑著說。

「帶我去做什麼？」她不解地問。

「我要讓楊伯母知道，小美人有未婚夫，我也有女朋友啊。」

「你想得真美，」她哈哈大笑，「看來你的臉皮比我還厚。」

「其實我太瞭解妳們這些美人兒，」我消遣她說：「妳們較適合嫁給有錢人或高官。想當初，我就是想替小美人做媒，要她嫁給後指部杜主任，想不到她嫌杜主任老，媒人沒做成，卻挨了一頓罵，最後竟愛上她。而愛上她後，卻發覺她已有一個指腹為婚的未婚夫，人生的際遇，就是那麼的奇妙。」

「有什麼好奇妙的，既然愛她，他們又尚未成親，有本領就把她搶過來啊！以免遺憾終生。」她為我出點子。

「搶人家的未婚妻，那是天理難容的。」

「那你準備怎麼辦？」

「只剩下一個步驟了。」我神秘地說。

「那一個？」她不解地問。

「放棄她，對妳展開強烈的攻勢，把妳追到手。」我開玩笑地說。

「你現在已不是厚臉皮，而是近乎不要臉。」她數落我說。

「如果妳拒絕我，我就請主任幫我做媒，非要娶妳不可。」

「讀書人要知廉恥。」

「我是一個草包，不知廉恥為何物。」

「平常看你老老實實、工作一板一眼的，怎麼現在竟變得油腔滑調啦。」

「歲月似乎在考驗我、有沒有把愛情這門學問搞通。」我笑著說。

「不跟你抬槓啦，」她不屑地看我一眼，「再抬下去連炒麵也吃不成了。」

「妳儘管放心，」我笑著說：「現在大哥的心情比剛才好多了，不僅請妳吃炒麵，其他的菜色只要妳林玲吃得下，盡量點。」

「把錢掏出來讓我看看，」她想伸手進入我的褲袋裡掏錢，「別在本姑娘面前假大方。」

「妳睜大眼睛看看，」我指著文康中心，「誰的地盤？」

她無言以對。

「老實告訴妳，他們想請我、我還不想吃呢。萬一真的錢帶不夠，簽名賒帳關餉再還總可以吧！妳們隊上那些千金小姐們休想吃我一口，惟獨獨妳林玲有這個榮幸。」

「為什麼？」她不解地。

「其他人在我看來都有點三八，只有妳林玲正經點。」

「你不是說我經常找你的麻煩嗎？」

「那是因為別人假正經，不敢找我。」

「那麼找你的人都是真正經囉？」

「或許，在我眼中，妳林玲是藝工隊少有的正經。」

「大哥，」她興奮地，「今晚的炒麵，我請客啦。」

「別誇妳一句就得意洋洋啦，不要忘了妳置身的是一個複雜的環境，要墮落就在一瞬間。」

「以後要多多向大哥您學習和討教。」

「我又不是完人。」我淡淡地說：「妳不是親眼看到我和小美人聯手跟人家打架嗎？坦白說，要是被長官知道，遭受處分絕對難免。如此之人，怎能做為妳學習的榜樣。」

「是那個小混混不對啊，」她不平地，「他不按規定排隊，又向你挑釁，扣著你的脖子不放。不要說是小美人，要是我，我也會不顧一切幫你的。」

「妳不是說當時妳也在現場嗎，為什麼不下來幫我？明明是馬後炮嘛！」

「我是怕被小美人誤會，」她解釋著，並加強語氣，「怕她吃醋！」

「算了，見死不救，還虧我們同在一個餐廳吃飯。」我消遣她說。

「你還有一點沒說到。」她神秘地。

「那一點？」

「我們還同居在武揚營區呢。」她說後笑彎了腰。

「什麼時候學會那麼幽默啦？」我也跟著哈哈大笑。

那晚，武揚上空依然閃爍著耀眼的光芒，藝工隊的男女隊員都不必彩排，他們三三兩兩在廣場上漫步，或坐在尤加利樹下的石椅上聊天，當然，也有談情說愛的情侶們。

坦白說，我和林玲彼此都很熟稔，但卻很少深談。在我的感覺中，藝工隊這些女生，無論從任何一個基點來說，都與本地女性有所區隔，不適合在這塊島嶼與金門青年人廝守終生。她們的妝扮與作為，和我當初對小美人的看法一樣，嫁給有錢人做老闆娘，或當大官的太太較適合。然而，這只是我主觀的認定和想法，當我的感情進入到小美人的心扉時，卻又另當別論，甚至馬上改觀。在這個現實的社會，在人心善變的此時，爾後是否會有同一個狀況發生，我不知道是該想、還是不該想……

第十章

我整整一個禮拜沒有到小美人店裡，內心充滿著難以言喻的矛盾，如果不知道她有一個自小指腹為婚的未婚夫，而繼續和她來往的話，還情有可原。而今，雖然她沒有親口告訴我，但我卻親耳聽到這個千真萬確的消息。

若依傳統的倫理道德而言，無論她與未婚夫有多麼的不搭配，但總是未婚夫妻，在我們這個重信諾的農業社會裡，任誰也不敢毀約，況且，他們又是一對「姑子」、「妗子」，親上加親的表兄妹，誰敢不信守長輩為他們許下的婚約。

禮拜天一早，我換上輕便的服裝，向管理員交代一下，就加快步履走進餐廳，而恰巧，林玲她們一夥已在裡面等候，炊事班的小兵正在擺碗筷、端饅頭。

「怎麼，七早八早就來等飯吃，」我對著林玲，消遣她說：「怕被人給吃光了是不是？」

「你呢，」她皺了一下鼻子，「早餐的鈴聲尚未響，你來做什麼？」

我笑笑，不想理她。

「哦，對了，」她拍了一下手，突然想起，「準備幫小美人家犁田，是不是？」

「妳真是我的知音啊，不必經過大腦，小腦一動就猜中了！」我不想瞞她。

「看你那副得意洋洋的模樣，」她白了我一眼，「真是呆子一個！」

「我呆？」我指著自己，而後笑著說：「妳也聰明不到那裡去。」

「如果是本姑娘，早就死心了。」她不屑地，「人家小美人不好親口告訴你，她的母親已向你暗示，你怎麼還那麼不識相。難道想以勞力博取老人家的歡心，而後換取小美人的感情？」

「別說得那麼難聽好不好，」我為自己辯護，「既然答應楊伯母要去幫忙，就不能失信。」

「要不是看在多年同事、以及經常找你麻煩的份上，我才懶得理你。」她神氣地說。

「謝謝妳的雞婆，以後最好少到辦公室找我。」

「這個禮拜鐵定不會去了，」她得意地一笑，「勞軍電影票，免費洗衣、沐浴票，還有福利點券，全都到手了，所有的福利品也買齊了，我還去幹什麼？難道要自討沒趣，去看你的臉色！」

我沒有回應她。

「我看吃完早餐，大夥坐交通車一起到金城看場電影，調劑一下緊繃的情緒，別自告奮勇想去幫人家犁田耕地，累死了是不會有人可憐的。」她斜著頭，頓了一下，「這又何苦呢？」

「如果看完電影，妳願意請我上館子飽食一頓，我就跟妳們去。」我開玩笑地說。

「好，」她爽快地，「如果看完電影不請你上萬福樓飽食一頓，本姑娘跟你同姓。假如你不去的話，以後就叫你陳大呆。」

「陳大呆，」我重複這三個字，笑者說：「這個名字挺浪漫、挺有趣的，妳是怎麼想出來的？是從大腦，還是小腦，抑或是膝蓋？」我話一說完，樂得她們哈哈大笑。

我沒有接受林玲的勸說，吃完早餐後，逕自從側門抄小路走，以免碰到那群多管閒事的女生。

來到楊家，伯母正在院子裡切野菜準備和著米糠餵豬，老人家眼見我依約而來，興奮的神情溢於言表。或許她已深知我與小美人的關係匪淺，要不，怎麼可能經常來幫忙。

「伯母，今天趁著天氣好，我想先幫您把牛欄裡的糞土清理出來，然後用手推車推到山上去堆放，以方便春耕施肥時使用。」我把今天的來意向她說明。

「這個既笨重又髒臭的工作，怎麼好意思麻煩你。」她客氣地說。

「挑肥推糞是我們農家少不了的工作，」我不在意地，「談不上什麼笨重髒臭啦。」

「時下像你這種青年，實在太少了。」她有些感慨。

在伯母的協助下，我帶著「三齒」、「畚箕」和「鋤頭」，並從一間破落的「護龍」推出手推車，來到位於村郊的牛欄。我用三齒先把幾坨未被牛踩過的牛糞耙開，然後挖鬆糞土，再用鋤頭耙滿畚箕，而後傾倒在手推車上，一車車推到田裡堆放。坦白說，這種粗重的工作，如果不是年輕力壯的話，的確是難於勝任的。儘管是冬天，但我還是累得滿頭大汗。

就在我準備裝載第三車時，楊伯母為我端來一杯茶，隨她而來的是一位穿著體面，頭髮梳得光澤明亮還插著一朵「桔仔花」的老婦人。

「他就是小紅的朋友，」楊伯母為她介紹著，「這種粗重的工作，要不是他來幫忙，憑我這個老女人，那有本事把這堆糞土推上山。」

「你是小紅的朋友？」婦人面無表情，微動了一下唇角說。

「是的。」我禮貌地應著。

「我是小紅的姑姑……。」

「姑姑好。」沒待她說完，我趕緊向她問好。

「不要這樣叫我，」她並不領情，「你知道不知道，小紅未出世時就和她表哥指腹為婚，也可以說是我的未婚媳婦，我是不允許她在外面亂交朋友的。」

「您千萬別誤會，」我趕緊搖著手，解釋著說：「我們只是普通朋友，沒什麼啦！」

「普通朋友？」她疑惑地，「普通朋友會來幫忙犁田推糞土，你是騙三歲小孩，還是騙我這個不識字的老人家？」

我百口莫辯，傻傻地站在一旁。

「我說大嫂啊，」她轉向楊伯母，「小紅妳也該管管啦，不要讓她在外面交一些不三不四的朋友，萬一將來發生什麼事，妳我都擔待不起。我看還是把她叫回來，不要讓她像野馬一般地在外拋頭露面。」

「她在外面工作也有好幾年了，雖然待遇不高，但對她個人以及這個家多少有點幫助。」楊伯母解釋著說。

「我看就趁著大哥去逝的百日內，讓她和戇牛結婚算了。」她看看楊伯母，「以免夜長夢多。」

「這種事總得先問問小紅。」楊伯母低聲下氣地說。

「問什麼，有什麼好問的！」她強勢而憤懣地，「我們家戇牛雖然沒有讀什麼書，但忠厚老實、體格強壯，一旦他們結婚後，妳這幾塊地還怕沒有人來犁？這一點糞土還怕沒有人來推？別叫一些不相干的人來幫忙，要是傳出去，讓人家閒言閒語的，成什麼體統，叫我以後怎麼做人！」

「話可不能這樣說，人家是一片好心才肯來幫忙。」

「人心隔肚皮，」她不屑地，「他存的是什麼心，妳知道嗎？他為什麼會無緣無故來幫忙，妳清楚嗎？我說大嫂啊，妳不僅不瞭解這個社會，也不懂險惡的人心，將來絕對會吃虧的。」

我無語地拿起鋤頭和畚箕，想繼續未完的工作。

「不必麻煩你了，」她搶過我手中的鋤頭，「這些糞土我明天會叫我們家戇牛來處理，你就省省力氣吧！」

我的自尊已遭受嚴重的傷害，內心有無比的難過和憤怒，但我並不能在這裡大吼大叫，或出言來頂撞一位愛子心切的老婦人。仔細地想想，我是為何而來，難道真如林玲所說，想以勞力來換取小美人的愛情？起初或許是如此的，但今天的來到，絕對是遵守對一位老年人的承諾，不願失信於一位老年人。而此時，面對一位不可理喻的婦人，熱臉貼著人家的冷屁股，我又有何顏留在這裡。

我禮貌地向楊伯母告辭。

「孩子，辛苦你了，也委屈你了。」她緊握我又髒又臭的手，無奈地說。

「伯母，沒什麼，」我苦澀地笑笑，「改天再來看您。」

「你最好離小紅遠一點，不要再來搗亂，」婦人咬牙切齒地警告我說：「楊家的田地由楊家人自己來耕作，不必勞你這個外人來做幫手！」

這裡已沒有我留戀的地方，我極端氣憤地瞪了她一眼，而後轉身就走。跨上公車，我心想，是否應該先到山外，把這件不愉快的事告訴小美人？但繼而地一想，人家已是一個有婚約在身的女人，我理應離她遠一點，以免瓜田李下、製造更多的是非；況且，滿身髒兮兮的，也不適合上街。

我看了一下腕錶，如果走快一點，回到組裡洗臉更衣後還趕得上午餐。然而，當我走進操場，交通車已停在文康中心旁邊，外出回來的官兵正相繼地下車，當然也包含藝工隊那些千金小姐們。我故意停下腳步，等人群散去再繼續走，以免讓他們看到我這副邋遢相。可是，多數人並沒有走離，留在操場聊天漫步等吃飯。目睹這個情景，不知該前進還是後退。正當我猶豫不決、進退兩難時，我的身影已被林玲那個雞婆發現了。

「陳大呆，你不是去幫小美人家犁田嗎，怎麼那麼快回來了？」她緩緩地走近，消遣我說。

我找不出迴避她的理由，只好站在原地，尷尬地對她笑笑。

「你身上有一股什麼味道，」她摀住鼻子，皺了一下眉，「臭死了！」

「只有妳身上香，別人身上都是臭的。」我故意說。

「你自己聞聞，」她拉著我的衣袖，「好像是牛屎的味道，臭死人了。」

「我怎麼沒聞到，也沒感覺。」我假裝著。

「我沒有騙你啦，」她不屑地推了我一下，「趕快回去洗澡換衣服啦！」

「妳真的沒騙我？」我故意聞聞衣袖，「沒有什麼味道嘛，可能是妳的鼻子太敏感。」

「拜託，大哥，」她再次地催促我，「趕快去洗澡換衣服啦！」

「話先講好，如果趕不上吃飯，妳要請我。」我提出交換條件，笑著說。

「好啦、好啦，趕快去啦，」她用手搧搧鼻子，「臭死了！」

「妳乖乖坐在石椅上等我，」我指著尤加利樹下的椅子說：「如果沒等我來，逕行進去吃飯的話，不把妳丟到武揚塘裡餵魚才怪！」我笑著警告她。

「趕快去啦，」她推著我走，「別像老太婆囉哩囉唆的好不好？」

我快步地走著，當然也知道自己的身上，確實有一股牛糞土的味道，這在農家是極其自然的情事，並沒有什麼好大驚小怪的。然而，聞在這些在溫室裡長大的大小姐鼻子裡，則另有一番滋味在心頭。

洗完澡、更好衣，走出武揚坑道，遠遠就看見林玲還坐在文康中心圍籬旁的石椅上。餐廳門外一片冷清，或許午餐已開動，所有的官兵和雇員，正在裡面享用異於一般部隊伙食的飯菜。倘若開動已久，確實也不好意思進去吃那些剩飯剩菜，以免引來一些奇異的眼光。

林玲這個小鬼頭還蠻守信用的，她真的枯坐在樹下等著我。

「怎麼洗那麼久，」她看了一下腕錶，埋怨著說：「餐廳開動快二十分鐘了，鐵定是有飯無菜了。」她拉了我一下衣袖，「走吧，吃碗麵本姑娘還請得起。」

「我請妳到山外吃好了，」我看看她，正經地說：「吃完飯，我們到僑聲戲院看電影。」

「我沒有聽錯吧？」她故意用手指挖挖耳朵，而後摸摸頭，「也不是在做夢吧？」

「做妳的大頭夢啦，」我伸手想敲她，她快速地一閃，「今天大哥沒有聽妳的話，受到滿腹的委屈，好不容易現在心情好了，想請妳吃飯看電影，妳還在這裡裝瘋賣傻。」

「受到什麼委屈啦？」她關心地問。

「碰到一個不可理喻的老婦人。」我說。

「誰？」

「小美人的姑姑。」

「怎麼回事啦？」她急促地問。

我把上午發生過的事向她敘述了一遍，激動的情緒久久不能平復。

「你應該找機會告訴小美人，別讓她誤以為你不夠朋友。」她為我出點子。

「以後再說吧，」我轉頭看了她一眼，「走，我請妳吃飯看電影。」

「先講好哦，萬一在山外讓小美人看見、吃起醋來，可不關我的事喲！」她似乎有點顧慮。

「吃什麼醋，有什麼醋好吃的！」我不在意地說：「人家已經有了未婚夫，我只是被蒙在鼓裡不知情罷了。」

「既然大哥您想開啦，本姑娘就奉陪到底了。」她興奮地說。

「不過大哥也得問問妳，妳到底有沒有男朋友？」我關心地問。

「你是裝糊塗，還是真的不知道？」

「憑妳林玲的美貌，如果沒有男朋友，那真是天大的笑話！」

「有什麼可笑的？」她反問我，而後笑著說：「你幫我留意一下，如果有較妥當的金門人，你就幫我做做媒吧。」

「此話當真？」我疑惑地。

「不過要有大哥您的才華，也要有大哥您的呆氣。」

「那妳乾脆就嫁給我算了，還要我幫妳做什麼鬼媒人。」我開玩笑地說。

「只怕你不敢要。」她笑著說。

「老調重彈，」我指著她，不客氣地說：「妳們這些千金小姐都不適合嫁給金門人。」

「為什麼？」她不解地問。

「聞到一點牛糞味，彷彿要妳的命似的，將來怎麼種田。」

「難道種田非要聞牛糞味嗎？」

「牛糞土是農田必備的肥料，少了它就別想收成。」我看看她，神秘地笑笑，「不過……」我還未說完。

「不過什麼？」她搶著問。

「我那套沾滿著牛糞味的衣服還沒洗，姑娘妳如果真對金門有興趣、想嫁給金門人的話，不妨先帶回去聞聞，再幫大哥洗乾淨；如此一來，我保證妳一定會得到金門人的疼愛。」

「你存心讓我笑死是不是？」

「笑什麼，有什麼好笑的？不信妳可以去打聽打聽，大部分金門人都是聞著牛糞土味長大的。」

「難怪你身上一股濃濃的牛糞土味。」她取笑我說。

「不錯，如果以更貼切的語言來說，那叫鄉土味。」我順機提醒她說。

「這句話含意很深，」她想了一會，「我必須慢慢來體會，才能領悟出其中的道理。」

假日的新市街道，熱絡的情景讓人寸步難行，我們沒有刻意地從小美人店門口走過，而是繞著大馬路前行。懷著怡悅興奮的心情，我們中規中矩地在街上漫步、吃飯、看電影，雖然沒有情人般的浪漫，內心卻盈滿著友情的馨香。往後的星期假日，我絕不會自討沒趣地重赴楊家。當然，也必須尋機聽聽小美人的心聲，畢竟，同在這塊島嶼長大，彼此的內心，都有血濃於水的鄉土情懷，那是值得我們共同來珍惜的。不能做一對讓人羨慕的情人或夫妻，做一個知心的朋友也不錯，這個島嶼實在太小了，任誰也沒有本錢耗掉自已的青春歲月和金色年華，孤孤單單在這個小島上過一生，誠摯的友情比任何東西都可貴……。

我們直到日薄西山才往武揚走，林玲雖然心直口快，但卻不失其純真。

「你說我們像不像一對情侶？」走出山外村，她晃動著我的手，笑著問。

「女貌，郎不才。」我笑著說。

「什麼意思？」她轉頭看我。

「陳大呆永遠配不上林美女。」

「大哥，」她把頭微微地斜靠在我肩上，柔聲地說：「跟你說著玩的，何必當真。」

她說後，我竟無拘無束地牽起她的手，像小鳥雀躍般地走在蜿蜒的泥土路上。沿途我們有說有笑，悅耳的笑聲在山谷中迴響，不管歲月能為我們提昇到那一種層次，且讓我們共同留下一段美麗的回憶在人間。

一輪皎潔的明月早已停留在武揚上空，我們在那株粗壯的尤加利樹下道再見，也許下相互珍重的諾言。它是實際人生的友情？還是虛無飄渺的愛情？相信歲月會給我們一個完美的答案……。

第十一章

經過數次反覆思考，我終於又踏進小美人店裡，那是冬至過後的一個夜晚，來此的理由，似乎很牽強，只想看看久未見面的她而已，並沒有其他的目的。

「陳大哥，真是對不起，」一見面，她就把我拉到裡面，滿懷歉疚地說：「聽我媽說，你好心到我們家幫忙，卻受到我姑姑的奚落和侮辱。」

我搖搖頭，苦澀地笑笑。

「委屈你了，」她伸手摸摸我的臉，柔聲地說：「對不起，陳大哥。」

我無言以對，內心依然充滿著憤慨。

「你坐一會，」她急促地，「我去跟老闆娘說一聲，然後我們出去走走。」她說後，以一對烏溜溜的眼睛凝視著我，似乎在期待我的答覆。

我點點頭，茫然地點點頭。

我們順著復興路，經過衛生院，走在漆黑的木麻黃樹下，往太湖的路段緩緩地前行。

「陳大哥，」她拉起我的手，而後緊緊地握住，「讓你受到那麼大的委屈，真是對不起。當我回家，聽媽說起時，我的內心委實感到前所未有的難過。」

「過去的就讓它過去吧，」我淡淡地說，卻突然地問：「妳真的有一個指腹為婚的未婚夫？」

「聽我媽說，那是我爸和姑姑在一次閒談中說的玩笑話。起初大家並不在意，直到姑姑發現表哥的智商比一般人低時，才認真起來。」

「妳會接受這門婚事嗎？」

「從小我就討厭表哥，更討厭姑姑，」她有些激動，「打死我也不會接受這門婚事！你不知道我姑姑有麼地多壞，她不僅什麼事都管、什麼人都罵，更喜歡挑撥是非，所有的村人和親戚，幾乎沒有人不討厭她的。」

「看來身為大嫂的伯母，也被她吃定了。」

「豈止吃定，有一次為了一點小事，我媽頂了她一句，她竟然出手要打我媽。為了我爸的顏面，以及親戚間的和諧，我媽始終不願和她計較。如此一來，她反而變本加厲，根本就沒有把我媽當成大嫂來看待。」她說著說著，用力地捏了我一下手，氣憤地說：「陳大哥，你說這種人可惡不可惡？」

「她看來很強勢。」我不便在她的氣頭上添油加火，只能這樣說。

「豈止強勢，簡直可惡到極點！」她依然憤激地，「我爸死後的第二天，她就告訴我媽，要在百日內讓我和表哥完婚。」

「伯母答應了沒有？」我急促地問。

「我媽無奈地說，要問問我。她竟然說，由不得我來做主。」

「如果她真的問妳，妳會答應嗎？」

「要我答應，那是不可能的！」

「如果她強迫要妳就範呢？」

「我就跳太湖！」我們已來到太湖邊，她做了一個要往下跳的姿勢。

「千萬可不能意氣用事。」我開導她說。

「誰也無權剝奪我追求幸福的權利！」她激昂地說，而後低聲地，「陳大哥，如果有一天，我爭取到自身的權利，做最後的抉擇時，你願意和我生活在一起嗎？」

我沒有回應她，卻猛然轉身緊緊地把她摟住，而後移動腳步，讓她靠在一株粗壯的木麻黃主幹上。她仰起頭，接受我情緒失控時的擁抱和深吻，久久，我們竟不自覺地坐在草地上，青春的慾火不停地在我們體內燃燒，我們繾綣纏綿在暗淡的星光下，在太湖柔情的波濤邊。我吻著她那二片熱情如火的香唇，而後，如磁鐵般地相吸，像蟲兒般地蠕動。我的手在她豐滿的身軀上遊移，從前到後，從高聳的酥胸到渾圓的臀部，整顆心彷彿已被我心中的小美人所溶化，讓我感到前所未有的歡悅……。

「你還沒回答我的話呢？」當激情過後，她嬌嗔地說。

「我願意，我願意！」我激動地說著，而後用手輕輕撫著她柔美的髮絲。

「不要忘了你的承諾。」她似乎在擔心什麼。

「不會的，小美人。」我含笑地輕撫她的面龐。

「我真的美嗎？」她反問我，「如果這句話是出自你心靈的最深處，陳大哥，我願接受你對我的恭維。如果不是出自你心靈深處，而是像以前那樣的揶揄我，我依然會生氣。」

「我保證，那是我的真心話，」我微微地舉起手，「妳不僅美，也很善良，能夠和妳在一起，是我的福份。以前幼稚的想法，希望妳不要見怪。」

「或許，幸福這條路我們會走得很辛苦。」她突然改變話題，憂慮地說。

「為什麼？」我不解地問。

「姑姑不會那麼輕易地放過我的。」

「妳的顧慮並非沒有道理，」我分析著說：「生在這塊島嶼，有時不得不屈服於傳統下的陋規陋習，儘管妳不承認這門婚約，但整個村子的人幾乎都曉得妳與表哥自小指腹為婚的事實。雖然長大後，無論在智商或外貌都有很大的差異，有些人會把這些差異歸咎於命運，用嚴苛的道德標準來壓人，讓人們不得不向現實的命運低頭。尤其是妳的姑姑，更是妳邁向幸福之路的絆腳石，她絕對不會輕言放棄一個漂亮懂事的好媳婦，好來彌補自己兒子的缺陷。」

「你相信命運？」她嚴肅地問。

「雖然不相信，但別忘了造化弄人這句話。」我善意地提醒她。

「事情應該不會像你想像的那麼悲觀吧。」她似乎有滿懷的信心。

「但願如此。」我低下頭，輕輕地在她頰上吻了一下。

然而，她卻緊緊地抱住我的頭，在我臉上的每一個角落狂吻著。當我們四片火熱的嘴唇再度相逢時，她時而吮吸著我的舌頭，時而輕咬我的嘴唇，時而用舌尖舔著我的耳輪，讓我如痴如醉，如瘋如癲，而熾熱的青春火焰已燒遍我的全身，我並非坐懷不亂的柳下惠，難以忍受一股即將洩出的暖流，一翻身，我把她壓在枯黃的草地上，讓她承受此生難於承受之重。她雙手環過我的腋下、緊緊地抱住我的背，以一顆純潔的少女之心迎我、任由我擺佈。當我碰觸到一片柔軟的草原時，我猛而地驚醒，全身的熱汗在驟然間變成冷泉。我趕緊起身把她扶起、整裝，順手理理她散亂的髮絲。

「對不起……。」我還未說完。

她伸手摀住我的嘴。

我們坐在草地上，相互摟抱著。

「只要我們兩心相愛、兩情相悅，」她附在我的耳旁，低聲地說：「陳大哥，男孩子要有勇氣點，無論做什麼事，都不能半途而廢、臨陣脫逃。」她頓了一下，又說：「雖然我們都已成年了，彼此也願意把自己最珍貴的心奉獻出來，但千萬要記住，必須為自己的行為負責，不能抱持著一種玩弄的心理，那會遭受上天譴責的，知道嗎？」

「我們都是身心健康的正常人，或許，男孩子較易衝動，在妳柔情溫馨的懷抱裡，我的確控制不住自己的感情；小美人，我真想一口吃掉妳。」

「既然想，」她擰了我一下面頰，「為什麼要臨陣脫逃呢？」

「雖然我們相愛，但妳與表哥那層關係，以妳姑姑的強勢，是否真能了斷，在我看來還是未知數。我不能因一時的衝動奪取妳的貞操，讓妳遺憾終生，那是不道德的行為。」我說著，輕輕地拍拍她的肩，「倘若我們有緣在一起，往後的日子長著呢，又何必急於一時。」

「你的思維確實比我還綿密，」她搖搖頭，「如果因此而鬧得滿城風雨，九泉下的父親也會生氣。」

「萬一我們做了那種事，巧而讓妳……。」我不好意思說下去。

「讓我怎麼啦？」她逼人地，「怎麼不說下去，是不是怕讓我大肚子？」

「什麼都有可能。」

「膽小鬼！」她不在意地，「如果真的這樣更好，屆時，我們就可以順理成章地生活在一起。」

「妳不怕人家議論、說閒話？」

「口生在人家的嘴上，高興怎麼講任由他們。」

「說來簡單，」我分析著，「人是有羞恥心的，一旦真的大肚子，讓人指指點點、議論紛紛，到時一定會有無地自容的窘境。」

「呆子，」她不屑地，「如果真有了，難道不會加快我們結婚的腳步？況且，懷孕一、二個月，根本看不出來。除非你只想玩我，不想和我結婚，讓我挺著大肚子，任由人家取笑。」

「不會的，小美人，我不會那麼沒格調。」我輕輕地拍拍她的背，柔情地說：「假如真的理智控制不住情感，而做出違背傳統的事讓妳懷孕，我絕對會負起一個男人的責任，無論付出什麼代價，也會把妳娶進家門，不會放著妳不管，讓妳一輩子抬不起頭來。」

「陳大哥，你長大了，思想也成熟了，我沒有白愛你，也不會後悔把少女最寶貴的初吻獻給你，以及放任你那雙不規矩的手，在我身上遊移。」

「歲月雖然能讓我成長，但它畢竟較緩慢，真正讓我對人生以及世俗有所領悟，那是和妳在一起的時候才開始的。」

「我有那麼厲害嗎？」

「當然有，愛情能讓人改變一切，尤其是一個少男的初戀。」說後，我嚴肅地問：

「妳曾經戀愛過嗎？」

「如果我說你是我第一個戀人，你可能不會相信。」她瞄了我一眼，「在你的想像中，或許認為我楊紅紅交遊廣闊，認識的人又多，男朋友一定一大堆，但我必須坦誠告訴你，大部分都是店裡的老主顧，既然我受雇於這家店，按月領取薪水，必須義無反顧地盡到一個店員的責任，以謙卑熱誠之心、誠懇的服務態度，替老闆娘做生意。坦白說，真正打開我少女心扉的是你，第一次接受男人擁吻的也是你。陳大哥，我沒有騙你，我絕對不是你以前想像中的三八查某，往後的歲月，一定能和你同甘共苦，請你相信我。」

「時間會證明一切的，我相信妳是一個純樸善良的好女孩，更是我心中永遠的小美人。」我認真地說。

「但願能得到你永遠的疼愛。」她深情地凝視著我，似乎在期待我的承諾。

「只要妳願意和我廝守終生，小美人，妳將是我此生最甜蜜的負荷。」我低下頭，輕吻了她一下光澤柔美、充滿著少女幽香的面頰。

她快速地勾著我的脖子，以熱情醉人的舌吻來回報我。我的經驗沒有她老到，只好任由她的舌尖在我嘴裡吮吸和蠕動。而此時，經過冷卻後，我青春奔放的熱血已被理智所嚴控，不再有任何越軌的不當舉動和行為，不再有任何激情戲碼的演出，一切回歸自然，回歸到我們兩情相悅的愛情世界。因為，我們必須等待，等待秋葉落、冬天到，等待我們生命中的春花開、朵朵放。屆時，我們將攜手進入古厝的大廳，跪在列祖列宗的神位前，請祂們做見證，而後，展開我們甜蜜幸福、多采多姿的新生活。然而，能嗎？或許，凡事並非如我此刻想像的那麼簡單，想擷取幸福的果實，必須付出痛苦的代價，這是一個最基本、也是最現實的問題，要如何來克服，必須運用上天賜予我們的智慧。

夜已深了，戒嚴宵禁時間即將來臨，這是島民的宿命和無奈，又能怨誰？如果戰爭能遠離這塊島嶼，島民不再受到戰火的蹂躪，我們的命運勢必會改觀。然而，可能嗎？這個島嶼，美其名為反攻大陸的跳板，實際上是小島護衛著大島，人民永遠無法過一個太平盛世的日子，就任由時光走遠，而後回歸塵土！

遠遠望去，盈滿太湖的水波依然蕩漾，幾株水草隨風飄動，堤上已不見行人的蹤影，繁星閃爍的夜空，枯黃的草地，有我們青春的身影在晃動。滿載燦爛的星輝步上歸途，期待幸福的時光早日降臨，為多采的人生歲月，增添幾許耀眼的光芒……。

第十二章

福利單位新年度預算剛編列好，緊接著又必須統計上年度的決算呈報陸總部，加上平常繁瑣的業務，簡直讓我忙翻了天，幾乎沒有喘息的機會。眼看明天就是星期假日，忙都忙不完了，遑論想休假。

門外響起叩叩叩的腳步聲，我一聽就知道是藝工隊那些女生。這些成事不足敗事有餘的搗蛋鬼，絕對是來要明天的勞軍電影票，其中一定有雞婆林玲。

組裡那些老參謀，儘管有些已有妻室，但一見到女生進來，莫不主動地放下手中的工作，和她們聊上兩句或開開無傷大雅的玩笑。雖然有時能帶動一點輕鬆的氣氛，然而，當我正在為公務忙得焦頭爛額、不可開交的時候，對於她們的來臨，內心卻會衍生出一份無名的排斥感。

「陳大哥，」林玲走到我的辦公桌前，好心地問：「你忙啊？」

「明知故問！」我的口氣有些強硬，沒有抬頭看她。

「怎麼了，吃錯藥啦？火氣那麼大！」她不屑地說。

「誰像妳們那麼好命，排一場節目可以演半年，每天悠哉遊哉等領錢。」我消遣她說。

「講話要憑良心，」她辯解著說：「除了演出外，幾乎天天彩排。難得放一天假，想找你要幾張勞軍電影票去看場電影，想不到票還沒要到，卻先讓你給消遣一番。」

「看什麼電影，」我抬頭看了她一眼，「每個禮拜都看，難道看不厭？」

「你是裝迷糊，還是真不曉得每個禮拜都換新片？」她反問我，而後笑著說：「誰像你，平常已夠忙了，星期天還要到小美人家幫忙犁田推糞土，不僅自討沒趣，還累了個半死，真是呆子一個！」

「真有這種事？」李中校看看林玲，疑惑地問。

「豈止累了個半死，回來時全身都是牛糞味，要不是本姑娘要他趕快去洗澡換衣，他還想帶一身臭進餐廳吃飯呢。」

「拜託妳不要出我的洋相好不好。」我兩手抱拳，高高拱起，然後放下。

「聽林玲那種酸溜溜的口氣，好像打破醋瓶子似的，滿室的酸味啊。」王少校笑著說。

「笑話，」她白了王少校一眼，不屑地看著我，「傻子才會吃呆子的醋。」

「林玲好像話中有話哦。」參謀官打趣她說。

「諸公都知道，」她掃瞄了辦公室一眼，「我林玲向來都是實話實說，那有什麼話中有話。」

「好了，」我深恐她再胡言亂語，急促地說：「要那一家戲院的票？快說。」

「不多啦，」她屈指算了一下，「金聲戲院五張、金城戲院三張、僑聲戲院四張、中正堂六張。」

「獅子大開口，要那麼多幹什麼？」我不情願地打開抽屜，「別人全都不要看啦。」

「有什麼辦法呢，」她有點無奈，也有點故意，「大家都說我跟大哥的交情不錯，他們全都找上我啦。」

「少套交情，」我瞪了她一眼，故意說：「有膽等我忙完後，跟我回家推牛糞土。」

「你是呆子，我可不是小美人。」

「妳剛才不是說跟我的交情不錯嗎？」我頓了一下，反問她，「既然交情不錯，相互幫忙為什麼不可以？」

「本姑娘沒有那份雅興。」

「溫室裡的花朵，弱不禁風的小姑娘，經不起風吹、雨打、太陽曬！」我故意激怒她，想讓她快點走。

「什麼，溫室裡的花朵？」她重複我的話，故意捲起一小段袖子，神氣地說：「別以為你是猛男勇士，本姑娘捨命陪君子，奉陪到底。」

「有種，」我看了她一眼，「誰嫌髒、嫌臭，誰就是牛！」

「到時候如果我說出一個髒字、一個臭字，跟你同姓！」她反問我，「假若我完成任務，你要怎麼辦？」

「隨妳！」我鏗鏘有力地說。

「好，君無戲言，」她得意地，「這場賭本姑娘跟你賭定了，」她抱拳作揖轉向眾參謀，「諸位長官都聽清楚了，請為我做證。」

她說後，大家都笑了。

「這場戲就此終了，」我把各戲院星期假日的勞軍電影票遞給她，「一切等我忙過後再說，姑娘妳請回吧！」

「大哥，後會有期。」她含笑而調皮地向我鞠躬又作揖。

「最好回去先鍛鍊鍛鍊，以免到時出糗。」我指著她說。

「大哥，後會有期。」她又一次地向我鞠躬作揖。

和這些人開玩笑，已是司空見慣的事，有時說過就算了，並沒有刻意地記在心裡。然而，時間總在忙碌時快速地走過，禮拜天隨即又來臨了，昨天林玲並沒有到組裡向我要勞軍電影票，讓我感到有些詫異。當我到餐廳吃早餐的時候，情不自禁地看看她的座位，但並沒有發現到她。值日官喊開動時，我只顧著吃，也沒有把這件事放在心上。況且，我已答應父親，這個禮拜天要回家幫忙，不得不吃快一點，爭取時間好上路。

我嘴裡嚼著最後一口饅頭走出餐廳，拿起手帕邊走邊擦拭嘴唇，並沒有注意到週遭來往的同僚，而就在我把手帕放回褲袋準備快步走時，巧而，林玲就坐在文康中心前，那株高大的尤加利樹下的石椅上。她穿著一身輕便的服裝、平底鞋，一見到我就笑咪咪地站起來。

「妳怎麼沒到餐廳吃早餐？」我關心地問。

「我六點半就到廚房向石班長要了一個饅頭，然後喝了一杯牛奶加蛋，」她說著，神氣地把手腕一彎，「今天的體力絕對充沛。」

「什麼意思？」我有一點不解。

「怎麼，貴人多忘事，」她靠近我一步，「跟你回家、幫你推牛糞土啊！」

「別神經兮兮的，」我突然想起，「跟你開玩笑啦，妳林玲幫不上這個忙的。我抽屜還有僑聲戲院的電影票，妳自己去拿，去看場電影才是真的，以後找機會到我家玩，我一定歡迎。如果真要實踐妳的諾言幫我推糞土，我是承受不起這份盛情的。」

「你一向不是很講信用的嗎，」她收起笑容，質疑我說：「今天怎麼能夠出爾反爾、不守信呢？」

「不是我不守信，」我解釋著說：「而是鄉下地方不僅落後，交通也不便，下車後還要走一段遠路，同時也沒什麼可招待妳的，到時讓妳笑話，那是我不願意見到的。」

「我笑的是不守信用的人，其他的人、事、物，都會受到我林玲的尊重。」她堅持著。

「既然這樣我們就走，」我尊重她，但也不忘提醒她，「不過我必須告訴妳，我們家是一個較保守的村落，如果讓人家誤會妳是我的女朋友，我是不會一一去解釋的。」

「所有的對錯和責任我自己承擔，」她白了我一眼，「用不著你操心。」

「妳簡直比我還固執！」

「我不是固執，而是堅持和守信。」

「我現在不跟妳抬槓，」我有點好笑，但並沒有笑出聲，「有時候定論不要下太早，如果半途走不動的話，我是不會先送妳回來的，到時候不要說金門人無情無義。」

「我不是你福利站的員工，訓話和說教到此為止，」她推了我一下，神情怡悅地說：「走，說走就走，大男人嘛，別婆婆媽媽的討人厭！」

我們走過武揚操場，穿過田埂上的羊腸小徑，大清早已有農夫在犁田整地，路邊的農田，多數已堆著一小堆一小堆糞土準備春耕。

「喂，」臨近山外車站，林玲突然拉了我一下衣袖，笑著說：「我們找小美人一起去。」

「去妳的大頭啦！」我伸手想敲她，她機警地閃開，「為什麼要找小美人一起去，是不是怕人家誤以為妳是我的女朋友？如果現在後悔還來得及，我們就在這裡說再見。」

「休想！」她皺了一下鼻子，「本姑娘今天跟定了你，也吃定了你，不信？試試看。」

「自討苦吃！」我瞪了她一眼。

「我嘛，歡喜做，也甘願受，」她得意地，「請不必替本姑娘擔憂。」

來到山外車站，我不想和她做無謂的辯論，以免引來一些奇異的眼光。我們規規矩矩、端端正正地坐在候車室等公車進站，但林玲的外貌實在太搶眼，進來候車的旅客，幾乎人人都看了她一眼，有的輕瞄，有的一看再看。當然，一位從事表演工作的藝人，她是不怕人家看的，但坐在她身旁的我，卻有點尷尬。

好不容易開往沙美的公車進站了，儘管我們生長在一個民風保守、社會純樸的島域，但我還是輕扶她上車，那是基於禮貌而非肉麻，別讓她誤以為金門人都是不懂禮節的草包。

島上大部分農村，都沒有公車抵達，我的家鄉也不例外，下車後必須走一段泥土與碎石鋪成的長路，雖然兩旁有高大挺拔的木麻黃，但我們是朝北前行，冬季的寒風夾著泥沙，不停地往我們面上吹。自小鍛鍊出來的腳力，走這段路是輕而易舉的事，但林玲走來卻有點吃力。本想拉她一把，卻因為來往的熟人和村人絡繹不絕，為了避嫌，始終和她保持一大步的距離，以免遭人議論。畢竟，這是一個傳統封閉的小農村，我似乎也想考驗這個小女孩的耐力，人間的一切，並非如她想像的那麼簡單和順暢。

回到家，我禮貌地把林玲介紹給父母親認識，並暗中告訴他們詳情，請母親準備午飯外，關於我們想幫家裡什麼忙，做什麼農事，則請他們不必過問，由我自己來安排。

老人家慈祥的面龐，露出一絲不解的笑意。

我帶著林玲到放置農具的護龍厝，把三齒、鋤頭、畚箕放在手推車上，直接來到牛欄。

「林玲，說真的，這種粗重的工作，有妳來做幫手，我實在太高興了。」我拿起三齒遞給她，自己拿鋤頭和畚箕，笑著說：「今天可能是妳平生第一次來到一個落後的鄉下，親眼目睹這間破落的古厝，用來拴養家畜的牛欄。首先妳聞到的是一份很熟悉的牛糞土味，對不對？」我看看她，「因為這種味道，妳曾經在我身上聞過，對妳來說是比較親切的。」

她目無表情地聆聽我的述說。

「來，跟我來。」我向她招招手。

當我帶她進入牛欄，看到的是斑剝的古厝牆壁，以及頂上一根根被蟲蟻啃食過而滿佈蜘蛛網的杉木，地上是一坨坨老牛昨晚剛排洩出來、尚未乾枯的糞便，她傻了眼。

我故作鎮靜，把鋤頭靠在牆上，畚箕放在一旁，脫掉鞋襪，捲起褲管，而她依然沒有行動，只轉動著那對烏黑的大眼，不停地在裡面巡視著。

「妳是來幫忙、還是來做研究的？」我笑著說：「如果嫌臭而有適應不良的話，可以先到外面透透氣。」

「笑話！」她不屑地看了我一眼，把手中的三齒靠在牆上，學我脫掉鞋襪、捲起褲管。

「好，就是這樣，才像一個農家婦女。」我拍了一下手，「妳先用鋤頭把那些牛糞耙一邊，但要小心，別踩了一腳。」

她二話不說，依我的話拿起鋤頭，走到內側的牛糞旁，勉強地把那一坨一坨牛糞耙一邊。我只管用三齒先把糞土挖鬆，沒有刻意地去教她或理會她，就當她是來玩、或者是來陪伴我的。

「如果感到牛糞味難聞，我給妳一條手帕，讓妳摀住鼻子。」我有點不好意思。

「笑話！」她依然不屑地。

我鬆了一小塊糞土，她已把牛糞耙到一邊。

「現在妳用鋤頭，把糞土耙滿畚箕，」我把畚箕拿到挖鬆的糞土前，告訴她說：「妳耙滿後，我再端出去倒在手推車上。」

她把畚箕放正，快速地耙了幾下，而後停了一下、看了我一眼，隨即又彎下腰，繼續耙；當她耙滿畚箕，我也聽到微微的喘氣聲。

我端起滿滿的一畚箕糞土，先站穩腳步，然後一轉身，快速地端出去倒在手推車上。如此的來回三趟，林玲已氣喘如牛，額上也冒出了汗珠。

「休息一下再來吧。」我有點過意不去。

她不再逞強，把鋤頭靠在牆上，拍拍沾著糞土的手，我們緩緩地走出牛欄，在外面呼吸了一下清新的空氣。

「妳坐在石頭上休息一下，」我指著旁邊一塊石頭，「我回家提一壺茶來喝。」

她點點頭，勉強地笑笑。但我敢於肯定，這份不自然的笑，絕對是累中的苦笑，而不是喜悅的微笑。

回到家，母親已泡好茶，但一見到我，就被她老人家訓了一頓。

「你怎麼可以這樣折磨人家林小姐？」

「是她自願要來幫忙的。」我解釋著說：「起初以為她跟我開玩笑，後來卻堅持要來，怎麼勸也勸不聽，讓她嚐嚐苦頭，以後就不敢來了。」

「林小姐可能是想來看看我們農村的景色，那有一個女孩子會自願來幫人家推糞土的。」母親瞪了我一眼，「這種既髒又臭的苦差事，很多男孩子都不願意做，遑論是一個那麼嬌艷的女孩。」

「沒有關係啦，」我輕鬆地向母親說：「讓她親身體驗一下金門的農村生活，對於一位來自台灣的女孩來說，也是相當有意義的。」

母親慈祥地搖搖頭、笑笑。

我提了一壺茶，拿著二個碗，重回牛欄。林玲坐在石頭上，望著手推車上的糞土出神。

「來，喝碗茶。」我倒了一碗茶遞給她，笑著說：「農家吃飯用碗、喝茶也用碗，請不要見怪。」

「這是什麼茶啊，」她飲了一小口，興奮地說：「喝起來還蠻香的。」

「一大包三塊五毛錢的大紅袍，」我坦誠地說：「農家泡茶一次就是泡一大壺，多數用的都是這種廉價的茶葉。」

「茶葉雖廉價，但喝起來卻別有一番滋味，」她把碗遞給我，「再幫我倒一碗。」

「坦白告訴妳，」我邊為她倒茶邊說：「今天總算妳來對了，耙牛糞、挖糞土，坐在牛欄門口喝茶，絕對是妳此生最難得的回憶。」

「如果沒有我的堅持，或許，不知何年何日始能來到這個純樸的小農村。」她有些感慨。

「金門的農村多的是，但如要親身體驗農家生活則是不容易。相信妳林玲做夢也想不到，怎麼會跟一個金門人來到這個偏遠又落後的小農村，而且還脫掉鞋襪，打著赤腳，在牛糞土上工作。當妳夢醒後，一定會大吃一驚，感到不可思議。」

「剛進入牛欄時，的確讓我看傻了眼。在我的想像中，牛欄只不過是拴了幾頭可愛的牛，想不到牠是拴在這間破落的古厝裡，而且經年累月排洩出來的糞便，累積起來竟然有一尺多高。那種尿騷味和牛糞味，比起你前陣子從小美人家回來時更濃烈、更嗆鼻，讓我感到噁心。」她心有餘悸地說。

「現在感到怎麼樣了？」我關心地問。

「出來透透氣，舒服多了。」

「老實告訴妳，我從小就是在這種環境長大的，有時施完水肥，手中那股尿屎味，再怎麼洗都洗不掉，但飯能不吃嗎？如果以目前城市中的生活水準和衛生常識來說，聞到那種氣味，誰吃得下飯。」

「這或許就是所謂：習慣成自然吧！」

「不，」我糾正她，「那是受到環境的逼迫。」

「可能是這樣吧。」她微微地點點頭，認同我的說法。

休息了一會，我們又開始工作，也順利地裝滿一手推車。

「平坦的道路我自己來，遇到上坡妳必須幫忙推，下坡時幫我拉住把手，讓車輪慢慢滾動，以免手推車往前衝。萬一沒有控制好，有時連人帶車都會滾落到路旁的大水溝。」我囑咐她說。

她聚精會神地聆聽著。

「我來推推看。」走出村莊，她自告奮勇地想試試它的輕重。當我把把手交給她的時候，她「哇」的一聲，趕緊停下，「太重了，我推不動。」

「沒有三兩三，最好別想上梁山，」我打趣她說：「別自告奮勇。」

「什麼事都可以學習和鍛鍊的，」她不認輸，「下次來，我保證可以推得動。」

「快成為藝工隊的臭人啦，下次還敢來？」我取笑她。

「我倒不覺得，」她聞了一下袖子，笑著說：「回去後第一件事就是洗澡換衣。」

「不必等到回去已是臭人一個了。」

「怎麼講？」

「上了公車，妳就曉得。」

「什麼意思？」

「禮拜天的公車，幾乎都是一幅人擠人的景象，那些阿兵哥成天出操訓練準備反攻大陸，難得有一天假期出來輕鬆輕鬆，在車上看到漂亮小姐，個個都想擠到她身邊，希望能聞到一點女人香，趁機吃吃豆腐。想不到妳這位小姐身上，卻充滿著牛糞味，一定讓他們感到相當的失望。」

「這樣不是更好嗎，」她笑著說：「可以讓他們一個個閃開啊！只要你不嫌棄就好了。」

「我怎麼會嫌棄呢，」我看了她一眼，未說先笑，「現在我們是臭味相投啊！」

「你的聯想力實在太豐富了，」她哈哈大笑，「這個禮拜天是我此生最愉快的星期假日，我會永永遠遠記在心坎裡。」

「這種臭事有什麼好記的，」我提醒她說：「該記的、該稱頌的，是這塊島嶼的人文風采。」

我雙手握住把手，她的右手也扶在左邊的把手上，我們貼近身軀、使出力氣，繼續往前推，經過戰壕溝，推上一個小小的山丘，順利地把糞土倒在一塊已整好的農地裡。

在山丘上遠望，前面是湛藍的大海，左右不是林木就是農田。

「林玲，妳仔細看看這裡的景緻，」我指著大海和原野，「妳說美不美？」

「這就是我夢寐以求的仙山聖地，」她興奮地拉起我的手，像鳥兒雀躍般地說：「太美了，太美了，我真的太高興了！」

「妳喜歡嗎？」

「當然喜歡！」

「那麼妳每個禮拜天都來幫忙，」我神秘地，「如果做得讓我父母親完全滿意的話……。」

「你準備怎樣？」我還未說完，她急促地問。

「我叫我爸送妳一塊地，讓妳在這個純樸的島嶼、美麗的小山頭，面對著湛藍的大海，蓋一棟小屋，長久在這裡住下來。沒事時，還可以遙對大海，高歌一曲，或是躲在小屋裡看看書，享受一個不一樣的人生歲月。」

「真的！」她拉著我的手跳了起來，「你不能騙我？」

「我們家廢耕的農地多得是，」我指著廢耕而雜草叢生的農地，笑著說：「只怕妳林玲沒有這份勇氣。尤其像妳這麼漂亮的女孩，追求妳的男朋友一籮筐，到時不知是嫁給大官當夫人，還是嫁給有錢人當老闆娘，怎麼能忍受寂寞，在這個小山頭蟄居。」

「如果怕我寂寞，」她頓了一下，調皮地說：「一旦你和小美人結婚，就由你們夫婦來陪我。」

「坦白告訴妳，雖然我和小美人的感情不錯，但如要論及婚嫁，並非如我們想像的那麼簡單。」我憂慮地說：「我曾經告訴過妳，她自小和表哥指腹為婚的事，倘若她想毀約，是否過得了她姑姑這一關，一切都是未知數。尤其在金門這個純樸的小島上，對於婚約這種事，大家都特別的敏感，誰也沒有本錢受到傷害。雖然小美人說過，如要逼迫她和表哥結婚，她寧願跳太湖也不從。」

「事情應該不會那麼嚴重吧。」她關心地說。

「現在金門的社會是男多女少，小美人長得又不難看，而她表哥則較憨厚。一旦小美人真的毀約，並非我們取笑他，他想娶老婆，絕對是困難重重，說不定要打一輩子光棍。」

「這或許是她姑姑不願放手的主因，也是你和小美人邁向婚姻路途最大的阻力。」

「妳沒說錯。」

「如果真的阻力太大，你會放棄小美人嗎？」

「妳是知道的，金門地方那麼小，我有父母，有親戚朋友，有長官和同僚，熟悉的人可說無數，如果為了這件事而鬧得滿城風雨，徒增大家的困擾，我怎麼對得起他們。」

「假若有一天，事情的演變真如你此刻所說的，你要怎麼辦？」

「魚與熊掌永遠不可兼得，如果真是這樣的話，我當然會有所取捨。」

「怎麼取捨呢？」她有點逼人。

「或許，我會選擇離開小美人。」

「你想做一個負心的人？」

「在萬不得已之下，我不得不做如此的選擇。」

「這樣做你對得起小美人嗎？」

「只能請求她的諒解。」

「當一個女孩子對她所心儀的男孩投入深厚的感情時，一旦男方變節想冀求女方的諒解，那是不可能的，甚至會憎恨男方一輩子。」

「有那麼嚴重？」

「不信你試試看。」她想了一下，又說：「或許，我的推測有點武斷，並不知道你和小美人的感情，究竟發展到什麼地步。」

「和一般戀人沒有兩樣，這點妳一定很清楚。」

「我清楚？」她不解地，「我又不是小美人，我清楚什麼？」

「難道妳沒有談過戀愛？」

「我發誓。」她舉起手。

「別假惺惺的好不好，」我冷冷地笑笑，「那麼漂亮的小姐沒人追、沒談過戀愛，鬼才相信！」

「信不信由你。」她有點不耐煩。

「如果真是這樣的話，以後我可以當妳的顧問啦。」

「謝謝你的雞婆！」她白了我一眼，而後又問：「你牽過小美人的手沒有？」

「豈止牽手，我還吻過她呢。」

「嘔。」她雙手摀住嘴角，做了一個嘔吐狀。

「嘔什麼嘔？」我看了她一眼，誇張地說：「那種滋味，真是太甜蜜了！」

「別噁心好不好，」她皺了一下鼻子，「比當初聞到你身上的牛糞味，還讓人想吐。」

「已經二十幾歲了，連這種滋味都沒嚐過，真是不中用。」我挖苦她說。

「老實告訴你，想追求我的人一大票，就是沒有一個本姑娘看中意的。」她神氣地說。

「這樣好了，」我和她開玩笑，「我介紹妳嫁給小美人那位傻表哥，然後我就可以順利地把小美人娶回家，往後我們就是親戚了。」

「你這個餿主意，出的還真讓人叫絕，」她趁我不主意，伸手敲了我一下頭，「親你的頭啦，親戚！別想得那麼美。」

我們沿途嘻嘻哈哈地開玩笑，倒也不覺得累。臨近中午，已來來回回推了四個車次，父親囑咐要挖一擔地瓜帶回家，我們把手推車推到鄰近的蕃薯田。

「地瓜藤上有許多乳汁，沾在手上不容易洗乾淨，」我指著蕃薯田為她解說：「現在我來挖，妳來撿，然後把地瓜放進手推車裡。」

「我從來沒有挖過地瓜，讓我試試好不好？」她要求著。

「等一下沾了一手乳汁、洗不乾淨可別怪我。」我提醒她說。

「我什麼時候怪過你？」她有點不服氣，「我不是告訴過你了嗎，本姑娘喜歡做、甘願受。」

「姑娘妳別神氣，回到家妳就知道苦了。」我再次地提醒她，也傳授她挖地瓜的方法，「現在已是地瓜採收的末期，可以連藤一起拔起來，大小地瓜都必須摘下，地瓜藤放一邊，空出來的地明年好種花生。」

她蹲下身，快速地猛拔猛摘，一點也不在乎雙手會沾上難洗的地瓜乳。或許，她尚未體驗出那種必須在石頭上慢磨細搓始能洗淨的苦滋味，一不小心，還會磨破皮。

挖好地瓜，我們推上歸途，一擔地瓜的確比一車牛糞土輕多了。

「妳累不累？」我關心地問：「走得動嗎？」

「你要揹我是不是？」她笑著問。

「我揹不動妳，」我把手推車停下，看看她說：「妳坐上車，我來推妳。」

「等一下被你推下水溝，我不就一命嗚呼，」她雙眼凝視著我，「屆時沒人理睬，讓我在這裡成為孤魂野鬼，我是不甘心的。」

「人不會那麼快死啦，尤其像妳那麼漂亮的女孩，閻羅王絕對捨不得向妳招手。」我推動了一下車輪，開玩笑說：「妳放心好了，如果不幸，真的一命嗚呼，年年清明，我一定會以鮮花素果來祭拜妳的，絕不會讓妳成為孤魂野鬼。」

「一年才祭拜一次啊，」她白了我一眼，「真沒良心！」

「那妳說要拜幾次呢？」

「祭拜倒不必，田裡的地瓜、花生比素果還好吃，」她神秘地，「你就日日月月從早到晚陪伴在我身邊。」

「那我乾脆跟妳一起死算了。」

「你不怕小美人傷心？」

「傷心個鬼啦，傷心！」我有感而發地說：「時代不一樣了，有些年輕女人，丈夫屍骨未寒，就想跟人家跑，這種例子到處都有。如依小美人的美貌和活躍，她絕對禁不起人家的挑逗。」

「你似乎把女人都看透了、也看扁了。」

「妳林玲除外。」

「為什麼？」

「因為我還沒看透妳，也沒看扁妳，所以不能一概而論。」

「你還真會討人歡心，」她不屑地，「如果違心論說多了，小心閻羅王割掉你的舌頭。」

「果真如此的話，我不是要『無語問蒼天』了嗎？」

我們愉悅地談著、聊著，不知不覺已到了家，母親亦已準備好午飯。

我拿了毛巾、肥皂和臉盆，帶她來到井旁，當我打起一桶井水時，她興奮的神情簡直難於言喻，像小孩子戲水般猛拍那盆清澈的井水。然而，當她打上肥皂洗手時，卻怎麼搓、怎麼洗，都無法把沾在手中的地瓜乳洗掉。

我不動聲色地站在旁邊，看她猛力地搓著手，雖然滿手的肥皂泡沫，但一經清洗，手中依然是一小塊一小塊墨綠色的乳汁，而且還有點黏手。

「不聽老人言，吃虧在眼前，」我打趣她說：「妳這樣洗、洗到明天還是洗不乾淨。」

她抬起頭，無奈地看看我。

「如果不怕痛、不怕手受傷，就在這塊石頭上輕輕搓磨，但不一定能全部洗淨。」我指著井旁一塊洗衣用的石板說。

她按照我的說法，雙手在石板上搓磨了一會，終於脫落了部份。

「先隨便洗洗，」我為她倒掉臉盆裡的髒水，重新打上一桶清水倒入，而後說：「肚子也餓了，我們先回家吃飯，如果要徹底把手中的地瓜乳洗乾淨，回到隊上後，拿一塊布，找駕駛班長沾點汽油，只要輕輕擦一擦，就能一乾二淨。」

「你為什麼不早說，」她洗掉手上的肥皂泡沫後站了起來，埋怨我說：「害我的手差一點磨破皮。」

「我早就警告妳，妳偏不信。」我又重複著說：「不聽老人言……。」

「言你的大頭啦！」她想敲我，但沒有敲成，卻噴了我一臉的水珠。她趕緊取出手帕，為我擦拭。當她靠近我時，我聞到的並非是少女的幽香，亦非女人的體香，而是一股淡淡的牛糞土味。

午飯後稍為休息，我們又連續推了好幾車糞土，乘車回到山外，已是華燈初上的晚間。

「怎麼，」一下車，她就迫不及待地問：「要不要順便看看小美人？」

「別雞婆好不好！」我把她的話頂了回去。

「我是怕你想念她。」

「有妳在身邊，我不會想念任何女人。」我看了她一眼，故意說。

「滿口的謊言，」她笑著說：「我們不是同在一個營區服務，同在一間餐廳吃飯，經常在你們辦公室見面，有誰會比我們更親近的？但你還是去和小美人幽會，不僅牽著她的小手，還相擁相吻纏綿在一起，讓人好羨慕哦！」

「既然羨慕，妳把手伸出來，讓我牽。」我做了一個要牽她的手勢。

「謝了！」她快速地一閃，「我可沒有那種福份。」

「我們打打賭好不好？」

「打賭，打什麼賭？」她迷惑地，似乎也想起什麼，「你欠我的賭債還沒還呢，現在又想打賭！」

「以前歸以前，現在是現在，別扯在一起好不好。」

「你想打什麼賭呢？」她不解地問。

「林玲，」我指著她，笑著說：「妳說我敢不敢牽著妳的手，大大方方地從小美人店門口走過。」

「你敢、你敢，你當然敢，」她倒指著我，「你都敢牽她、摟她、吻她了，還有什麼你不敢的！」

她說後，我倒有點不好意思，不知如何回應她的話才好。

「怎麼了，不好意思啦？」她似乎已看出端倪。

「有什麼不好意思的，」我裝著不在意，也不忘消遣她，「誰像妳，眼睛長在頭頂上，到現在連個男朋友也沒有，別成為老姑婆，大哥真替妳擔心啊！」

「別假慈悲，也別替古人擔憂，」她以牙還牙，「顧好你自己，別落了一個誘拐人家的未婚妻，到時候你就知道苦了。」

「林玲，開玩笑歸開玩笑，」我據實說：「妳的話真是一針見血，簡直說到我的痛處。坦白說，我最害怕的，就是這一天的來臨。」

「你不是勇氣十足嗎？」她挖苦我，「怎麼一瞬間，就變得那麼軟弱啦，人真是不可貌相。」

我苦澀地笑笑，找不出任何一句妥善的言辭來反駁她。

走出山外村，踏上陰暗的小路，迎面而來的是一陣陣刺骨的寒風，林玲縮著脖子，直往我身邊靠，我竟不自覺地牽起她冷冷的手，而後握緊，相互取暖，她並沒有拒絕。沿途上，我們沒有交談和開玩笑，似乎所有的話都在今天說完了，此時此刻，或許是無聲勝有聲的浪漫情景。

然而，當我想鬆動手時，我們的手心好像被橡膠黏住似的，竟然緊緊地貼在一起，我並不想把它鬆動，只淡淡地說：

「想不到地瓜乳還會黏人。」

「是你不願放手，還是地瓜乳真會黏人？」她低聲地說。

「妳不是笑我是呆子嗎，我怎麼知道。」

「別假了。」她柔聲地說。

我們的手握得更緊，身體也靠得更近，但卻握不住遠走的時光，逝去的人生歲月……。

第十三章

我與小美人的戀情已在這個小小的島嶼掀起一陣波瀾，想不到她的姑姑請人寫信向主任告我一狀。當主任辦公室把這封信交到組長手中時，組長詢問我到底是怎麼回事。我把小美人的家庭狀況以及從小和表哥指腹為婚的事，向組長做了詳細的報告。

「既然人家已經有了未婚夫，你怎麼可以再和她交往呢？」組長指責我說。

「起初我並不知道。」我解釋著說。

「後來知道了，就應該遠離她啊！」

「感情這種東西實在很難講，楊紅紅根本不愛她表哥。」

「人家愛不愛干你什麼事，」組長指著信說：「她姑姑在信裡寫得多難聽，說你誘拐她的未婚媳婦。」

「我們是兩情相悅，怎麼能說是誘拐呢。」我辯解著說。

「不要強詞奪理，你自己向主任報告去，」組長有些動怒，「金門漂亮女孩多得是，像你這麼年輕優秀的青年，還怕討不到老婆，偏偏要去淌這種混水，不要為自己添麻煩，替長官製造困擾！」

我無言以對。

「藝工隊林玲那個女孩，不僅漂亮懂事又乖巧，人家對你有多好，經常到組裡幫你抄抄寫寫，整理東整理西，禮拜天還跟你回家下田幫忙農事，多少人追求她都不為所動，而你偏偏不識相，交個什麼小美人。你要搞清楚，金門那些喜歡出風頭的名女人，只適合做朋友，不能做老婆；只能應付，不可當真！」

我依然立正站好，繼續聆聽組長的訓示。

「我無意責怪你，主任對你的操守和辦事能力也賞識有加。但要記住，一個青年人千萬不要被甜言蜜語所迷惑，一旦事情鬧得不可收拾的時候，所有的努力和心血，都將白費。你的行為也難容於金門這個保守的社會，屆時，落了一個誘拐人家未婚妻，或破壞人家婚姻的罪名，跳到黃河也洗不清。儘管你們真心相愛而後終成眷屬，但一輩子都會遭人議論紛紛，受人指指點點，不僅父母的顏面盡失，也讓子孫蒙羞，這是你不能不思考的問題。如果能就此了斷那是再好不過了，小美人可以和表哥成親，相信林玲是你最好的伴侶，希望你重新思考，好好把握這個機會，主任那邊我會向他報告。倘若你一意孤行，後果必須自己負責，屆時，誰也幫不了你的忙。」

被組長訓了一頓後，我再三地反覆思考，雖然認同組長的觀點，但男女間感情的事，的確不是筆墨所能形容，也並非說斷就能了斷的，因此，我陷入進退兩難的窘境。

實際上，小美人並非如組長所說是一個喜歡出風頭的名女人。她雖然交遊廣闊，認識的人不少，但有其善良的一面，絕不是一個任人擺佈的交際花，與那些陪著大官飲酒作樂、在官邸聊天聊到三更半夜才被送回家的名女人是有所不同的，或許是受到盛名之累吧。

儘管鬧得滿城風雨，長官也提出警告，但我與小美人的戀情似乎沒有減溫。雖然不能像以往雙雙對對、大大方方地進出公共場所，找一個較隱蔽的地方談談並無不可。況且，金門到處都是林木草叢、空屋破厝以及廢棄的豬欄牛舍，只要不超過宵禁時間，並不會有人來干涉。

那晚，我們相約在距離新市街道不遠的村郊，一處雜草叢生的廢棄豬欄旁幽會。在白茫茫的春霧籠罩下，我們的背靠在斑剝的牆壁上，相互偎依在寂靜的夜空裡。

「我姑姑已正式叫人來提親了，要趕在我爸往生的百日內，讓我和表哥結婚。」她神情落寞地告訴我說。

「妳答應了沒有？」我關心地問。

「除非我死。」

「那妳有什麼對策嗎？」

「我準備一走了之。」

「一走了之，」我重複她的話，「妳準備到那裡？」

「台灣。」

「妳是列入管制的民防隊員，沒有正當理由，警總是不會核發出境證的。」

「我會想辦法的，」她目視著前方，突然問：「你願意跟我一起走嗎？」

「跟妳一起走？」我被這突來的一問愣住。

「我們一起到台灣找工作，等安定下來後就結婚。」

我沉思著，沒有答覆她。

「我知道你有困難。」她有點失望。

「難道沒有別的辦法？」

「除此之外，我實在想不出其他的辦法。」她搖搖頭，「我姑姑知道我們在一起，幾乎三五天就來逼一次婚，搞得我精神都快崩潰了。」

「她請人寫信給主任，告了我一狀。」

「真的！」她訝異地。

我點點頭。

「怎麼會那麼卑鄙！」她不屑地，「信上怎麼說？」

「說我誘拐她的未婚媳婦。」

「不要臉，誰是她的未婚媳婦！」她氣憤地說：「你應該向主任解釋清楚啊。」

「主任辦公室已把信交下來了，在我們組長手中。」

「你向組長說明了沒有？」她急促地問。

「再多的解釋也沒用，大官不但怕死也怕事。」

「你這話，怎麼講？」她不解地問。

「總說一句，就是叫我不要為他們製造困擾。」我有所保留，「其他的多說無益。」

「在這種環境下，你敢娶我嗎？」她指著我說。

我無語地沉默著。

「坦白告訴你，這也是我想到台灣的最大理由，」她認真地說：「一旦到了台灣，也可以說離開這個是非地，到時誰又奈何得了我們。為了追求我們永恆的幸福，為什麼要在這裡遭受人家的冷漠和譏諷。只要我們同心協力、勤奮節儉、認真工作，不怕沒飯吃。」

「妳的想法固然不錯，」我頓了一下，「一旦真要離開這塊孕育我成長的土地，以及把我拉拔長大的父母，內心一定會有進退兩難的矛盾。」

「為了我們的幸福，為了我們的未來，離開金門到台灣，是我們不二的選擇。」她想了一下，「當然，我們所處的環境不同，家庭背景也不一樣，我也不能勉強你，但為了我們的幸福，希望你能做一個明快的抉擇，以免遺憾終生。」

「讓我考慮考慮。」我淡淡地說。

「我知道你有一個比我還愛你的林玲，所以你要考慮，是不是？」她突然如此地說。

「妳想到那裡去了，」我解釋著，「林玲只是我的同事。」

「同事？」她不屑地，「大家心裡有數。」

「我們相處那麼久了，妳還不相信我？」我辯解著。

「在愛的世界裡，我相信的是一個凡事不必考慮的男人。」

「妳必須體諒我的處境。」

「難道你沒看見我一生的幸福就要斷送在我姑姑的手裡，我能不急嗎？」

「我家有父母，工作單位有長官，妳總得讓我向他們打個招呼吧！」

「為什麼不說還有一個林玲呢？或許該打招呼的是她吧，當然，也必須徵求她的同意，才不會辜負人家啊！」

「不要愈說愈離譜，我始終以一片真誠之心來對待妳的。」

「難道我對待你的，是一片虛情假意？」

「不，我們真誠相愛。」我說後，竟一把把她摟進懷裡。

她沒有拒絕，反而緊緊地抱住我，而後，竟放聲地哭了起來。

我輕輕地拍拍她的肩膀，撫撫她柔美的髮絲，一遍又一遍，輕輕的撫著撫著……。久久，她仰起頭，雙手勾住我的脖子，我情不自禁地低下頭，輕吻她腮上的淚痕。

「陳大哥，在我孤單無助的此時，我不能沒有你，也不能失去你。」她低聲地說，眼裡依然閃爍著淚光，「雖然我知道林玲對你好，但我實在比她更需要你。」

「妳放心，」我再次地拍拍她的肩，安慰她說：「我不會放著妳不管。」

「我已快被這個島嶼的人們所唾棄，只有你才能給我信心和勇氣。」

「我們同在一條船上，我承受的壓力不會比妳輕，但願我們能相互扶持和鼓勵，讓這艘幸福之船能順利地抵達我們理想中的港灣。」

「未來，你將是這條船的舵手，希望你快一點做抉擇，以免錯過航行的時間。」

「我一定會給妳一個滿意的答覆。」

她猛而地把頭一仰，二片櫻紅的唇快速地貼在我的嘴上，舌尖一捲，竟緊緊地勾住我的舌頭，觸動我青春難忍的慾火，除了以一顆處男之心來迎合她外，我的手竟穿過她的內衣，輕輕地在她雪白柔軟的肌膚上撫摸著，從背後骨感地帶，一直到胸前那對高聳的乳房。每當我的手像蟲兒般在她那顆小小的櫻桃上蠕動，她的舌尖就緊緊地勾住我的舌頭不放。我已承受不了如此的折磨，充血的部位像一顆即將爆炸的汽球，我實在難以忍受小美人的誘惑和內心的煎熬。

「陳大哥，只要你願意，我現在就可以滿足你的需求。」她或許已看出端倪，輕輕地撫撫我的臉，柔聲地說。

「能嗎？能嗎？」我急促地問。

「只要我們相愛，只要你不離開我，為什麼不能，為什麼不能！」她激動地提醒我，「男孩子要有勇氣，要有勇氣！」她說著說著，竟把眼睛閉起來。

我已深知她的心意，只要輕輕地脫掉她的褻衣，而後，以男人之尊重壓在她的身軀上，就可達到目的，就可讓我發洩隱藏在體內二十餘年的那股暖流。然而，我青春的慾火卻在剎那間熄滅，男孩子的勇氣也消失在夜霧茫茫的荒郊野地裡，雖然讓她失望，但卻換取我的心安。

「我給你勇氣，結果你還是沒有勇氣，」她失望地說：「難道我這個處女身軀不能引起你的性慾？還是你一點也不愛我，對我提不起一點興趣？」

「不，不是的。」我辯解著，心裡充滿著既嚮往又不敢的矛盾。

「怎麼，怕我牽絆著你是嗎？」

我沒有回應。

「我知道你是一個理智勝過感情的人，如果今晚你的理智被感情擊敗，你將失去考慮跟我到台灣的權利。」

「為什麼？」

「因為你必須為你今晚的行為負責，也必須善盡一個男人的責任，絕對沒有考慮的餘地，別以為女人都是男人的玩物！」

「男女間並不一定要發生關係，才需要負責任。」

「怎麼講？」

「既然雙方已有感情的成份存在，必須為對方所付出的感情負責。」

「你長大了，長大了，可以讓我依靠了。」她雙手按住我的雙頰，興奮地說：「我沒有白愛你一場！」

「別忘了，我是一個正常的青年人，有人性中少不了的七情六慾，當我們相擁相吻的時候，我的情緒亢奮，性慾也隨著衝動，對妳的身體更充滿著幻想；但畢竟，我們只是情人、不是夫妻，外面已是風聲鶴唳，我實在沒有勇氣再傷害一個少女的心。」

「到了這個必須攤牌的時刻，我管不了外面的風風雨雨，只要你真心愛我，願意和我共創未來，就此滿足你的性需求，或許更能讓我安心。因為，我害怕別的女人捷足先登。」

「那是不可能的。」

「這個世界隨時都充滿著變化，愈是不可能的事，愈可能發生。」她突然說：「你想過我們會相愛嗎？你想過我們會在這個荒郊野外繾綣纏綿嗎？想當初，我被你認定是一個三八女人，要把我介紹給比我爸年紀還大的杜主任。而今天，我們卻相知相惜相愛，而當我們的愛情成熟想結成連理時，卻殺出了一個程咬金，讓我遇到前所未有的挫折和苦痛，這都是我料想不到的。它或許也是我對這個社會沒有信心的主因；尤其是男女間的感情，更是變化多端。坦白說，和表哥這檔婚約，我絕對是抱著臨死不從、反抗到底的決心。而林玲那個女孩，她安的是什麼心，有什麼企圖，我只是聽旁人說說而已，並沒有深入瞭解。雖然，我是信任你的，但不可能的事，往往也有發生的可能。聽說主任和組長，有意把你們撮合，這點也是我最不能放心的地方。」

「那有這回事，別胡思亂想好不好。」我安慰她說。

「等我們一起離開金門、到了台灣後，我什麼都不想了。唯一想的，是快一點嫁給你，好讓我們都安心。」

「其實妳現在就可以安心了，假如我拒絕跟妳同行，說一個不字，足可讓妳死心；又何必說，讓我考慮考慮。」

「請原諒我的自私，人一旦急起來，往往沒有考慮到別人的處境，這不僅是現實社會的通病，更是我最大的缺點。如果你的父母堅決反對，我實在沒有理由要你跟我到異鄉流浪。」

「天下父母心，」我內心有無限的感慨，「年紀一大把了，還得天天守著那幾畝旱田，從早忙到晚，簡直沒有休息的時間；一旦想起要離開他們，內心的確充滿著愧疚和不捨。當他們知道我要離開這塊土地時，悲傷的情景或許遠勝反對的聲浪，還得承受子女帶給他們的困擾。」

「這些都是我事先沒有考慮到的地方，」她心有同感地說：「總以為一走了之，什麼事都與我們無關、都可以不管，但當我們離開這塊土地，可能正是父母受到奚落和議論的開始。陳大哥，你的思慮是比較綿密的，我們不得不為撫養我們長大的父母著想。」

「那妳是不是要改變計劃呢？」

「計劃已沒有改變的空間，」她想了一下，「不過我會把雙方所受的傷害，設法降到最低點；寧願一個人受苦受難，也不能牽連我所愛的人，讓他們因我而受到不該受的傷害。」

我沒有做任何的回應，只輕輕地拍拍她柔軟光滑的手背。然而，我的腦裡卻不停地思索著，她有什麼本事把雙方的傷害降到最低點。社會的輿論，長官的指責，親友的不諒解，所有的過錯幾乎都歸咎在我們身上。女的不守婦道、違背傳統；男的誘拐人家的未婚妻、罪孽深重。儘管我們相愛殊深，但卻不能讓這個既保守又現實的社會接受。島民給我們的是噓聲而不是掌聲，社會給我們的是冷漠而非溫情。難道小美人真要嫁給她那位傻瓜表哥，才能獲得社會的掌聲和認同，而我們在一起，則必須受到譴責和鞭撻。社會的公平正義已淪喪，一朵青春艷麗、清香撲鼻的小花，難道真要插在牛糞上，才能受到人們的肯定和讚賞！

對面的林木已被濃霧所籠罩，視野茫茫，春風夾著霧氛輕輕地吹在臉上，我扶起小美人，緩緩走向燈光閃爍處，心中感到有一股無名的寒意……。

第十四章

林玲幾乎每一個星期假日，都主動地跟著我回家幫些小忙，不管她基於什麼；對她，我一直以自家人的胸懷來待她，並沒有任何的企圖和不軌的行為，這是我最感欣慰的地方。但男女間長期如此的相處，難免會惹來一些閒言閒語，再經過有心人士加油添醋，透過小道消息的流傳，然後變成一則家喻戶曉的新聞，無形中，我的人格和操守也受到許多人的懷疑，傳到小美人耳裡，更是別有一番滋味在心頭，這或許也是她耿耿於懷的最大原因。

「這個禮拜我們做什麼？」下了公車，林玲問我說。

「先把芋頭旁的雜草拔乾淨，其他的再說。」我看了她一眼，淡淡地說：「農家永遠有做不完的工作，妳放心好了，除了下雨天外，不愁沒事做。」

「能上山看看田野四週的景緻，而後曬曬太陽，呼吸一下新鮮空氣，那是我夢寐以求的。」她興奮地說。

「起初感到新鮮，久了就會厭倦。」

「我永遠不會厭倦，」她突然想起，「別忘了要請伯父送我一塊地，我已經開始存錢了，到時就在這個青蒼翠綠的小山頭，蓋一棟愛的小屋，歡迎你帶著小美人來做客。」

「提起小美人，外面對我們是一片鞭撻聲，父親不可能不知道的，回到家、準挨罵。」我似乎有預感。

「小美人的確也太不幸了，上一代的戲言，必須由下一代來承受，這似乎有點不公平。」

「如果她的未婚夫是一個正常人，那還差強人意，」我有些激動，「偏偏是一個連褲子都穿不好的大白癡。倘若小美人真的認命嫁給她，那註定要痛苦一輩子，永遠也翻不了身。」

「說來她還是蠻幸運的。」她看看我。

「怎麼說？」我不解地問。

「因為你會給她幸福。」

「對我來說，這個幸福所付出的代價實在太大了，」我有些無奈，「她姑姑竟然寫信向主任告狀，說我誘拐她的未婚媳婦，這個罪名跳到太湖也洗不清。」

「你們是真心相愛的啊，怎麼能怪罪你。」

「如果當初她願意嫁給杜主任就好了，但她嫌杜主任的年紀比她父親還大，因此媒人沒做成，後來我們竟相愛了。」

「這段故事聽來還蠻有趣的，」她笑笑，「也很感人！」

「有趣個鬼啦，有趣！」我做了一個想敲她的手勢，「她要我跟她一起離開金門到台灣去。」

「什麼？」她訝異地，「你們要私奔！」

「別說得那麼難聽好不好？」

「你答應了沒有？」她急促地問。

「我告訴她讓我考慮考慮。」

「這個辦法雖然不錯，」她想了一下，「但必須和伯父母商量商量，千萬不能意氣用事，免得讓他們傷心。」

「我太瞭解我爸的脾氣，這種事絕對沒有溝通的餘地。」

我們沒有繼續談下去。

回到家，爸媽除了殷勤地招呼林玲外，竟在她的面前，責問我說：

「怎麼外面風言風語的，說你誘拐人家的未婚妻，到底是怎麼回事？」

「爸，我們是正常的交往，怎能說是誘拐呢。」

「無風不起浪，」父親氣憤地，「現在全金門都知道，我有這麼一個好兒子。」

我默不作聲，不知如何向他解釋才好。

「人家自小已有婚約，你明明知道不僅不迴避，還和人家博感情，難道你不知道這是一種不當的行為、錯誤的做法！我真不明白，你書怎麼讀的！不要忘了農家子弟個個都是循規蹈矩、忠厚樸實的好青年，那有像你這樣在外惹事生非的！你的面子可以不要，但也必須替父母想想。楊小姐的大名在金門可說無人不知、沒人不曉，名聲也早有所聞，她不僅交遊廣闊，每天又打扮得花枝招展，這種女性適合我們農家嗎？告訴你，我未來的媳婦，必須像林玲那麼乖巧懂事、儉樸誠實的女孩！從今天起，希望你的行為要檢束點，別讓父母和你的長官難做人，更別讓所有的親戚朋友因你不當的行為而蒙羞！」

父親說後，氣憤地走了。

我百口莫辯地站在大廳的八仙桌旁，林玲走到我身旁，拉拉我的衣袖。

「我們上山吧。」她柔聲地說。

我無奈地搖搖頭，苦澀地笑笑。

「對不起，讓你挨罵了。」走上小山崗，她神色淒迷地說。

「這不關妳的事，」我不在意地說，「仔細想想，我的行為確實是有差池的，難怪我爸會生那麼大的氣。」

「這怎麼能怪你呢。」

「既然妳知道不怪我，剛才為什麼不在我爸面前美言幾句，害我挨了一頓罵。」

「難道你不該罵嗎？」

「別落井下石好不好！」

「雖然我很同情你，但伯父的話也沒錯，有時必須替他們想想，別忘了，老人家在意的是名聲。」

「兒女的幸福重要，還是名聲重要？」

「兩者必須兼顧。」

「妳實在是太瞭解他們了，難怪會博取歡心。」

「怎麼，你吃味啦？」

「萬一有一天，我真的離開這塊土地，二老就由妳來照顧了。」

「你以為我沒有這個能力？」她瞪了我一眼，「除了照顧奉養外，我絕對不會替他們製造困擾。」

「話不要說太早，一旦交了男朋友，我不信妳還會到這裡來。」

「老實告訴你，我林玲絕不是一個無情無義之徒，就讓歲月來考驗吧！」她認真地說。

「依妳的看法，我該不該跟小美人一起到台灣？」我坦誠地問。

「我怎麼知道。」

「別忘了，當局者迷，旁觀者清。」我拱手作揖，「看在多年老友份上，妳就不能談談妳的看法，好讓我做一個參考。」

她想了一想，終於說：

「從愛的層面來講，你應該去；從社會輿論而言，你必須考慮；從家庭因素考量，你不該走。」

「那我該如何選擇呢？」

「你現在已被小美人的愛迷昏了頭，」她停了一下，賣著關子，「至於要如何選擇，只有看你的智慧了。」

「白費口舌，問了還是等於沒問。」

「你就一邊拔草一面想吧，或許可以從草中悟出一絲真理。」她說後，俯下身，蹲在芋頭股溝，熟練地拔除繁衍在莖旁的雜草。

「如果看到葉上有青色的芋蟲，要順便把它掐死。」

「別嚇人好不好。」她轉頭白了我一眼。

「妳看、妳看，」我指著葉脈上一條捲曲蠕動的大青蟲，「這種蟲我們管它叫芋蟲，它專門啃食芋頭的葉脈，如果不把它捉起來掐死，它會把整片葉子啃光，影響芋頭的成長。」說後，我順手把它掐死在葉脈上。雖然芋蟲有青色的外表，擠壓出來的卻是墨綠色的液體。

「嚇死人了，」她有些驚恐，「先講好，草我可以把它拔除得一乾二淨，芋蟲我是不敢捉的。」

「膽小鬼。」

「誰像你那麼大膽，三更半夜把人家小美人帶到荒郊野外，萬一被她姑姑發現，不找人揍你才怪。」

「誰告訴妳的？」我腦筋一轉，「是不是反情報隊那些狗腿子？」

「你說我林玲會去跟那些人打交道？」她反問我。

「那麼是誰呢？」我不解地問。

「小美人。」她據實說。

「她會告訴妳這些？」我疑惑地，「我不信。」

「老實告訴你，我前天特別去找她……。」她還沒說完。

「妳想破壞我們？」我急促地問。

「別緊張兮兮的好不好。」

「那麼妳沒事去找她幹什麼？」

「本姑娘高興，你管不著！」

「要是妳敢破壞我們，」我捉了一條芋蟲，在她面前一晃，「我就讓妳嚐嚐芋蟲的滋味。」

「別那麼噁心好不好！」她快速地打落我手中的芋蟲，花容失色地跑到我的背後，在我肩上輕搥了好幾下。

「一條小小的芋頭蟲，就把妳嚇成這副鬼模樣，還想種田！」我好笑地看看她，「以後如果不聽我的話，大哥就捉蟲來治妳。老實告訴妳，芋頭葉脈上的蟲，它色澤翠綠，並不討人厭；一旦讓妳看到花生田裡的『烏肚蟲』，保證吃不下飯。」

「真有那麼噁心？」

「它白色的頭，黑色的大肚子，一蠕動，就弓起鼓鼓的大腹，裡面是黑色的腸肚和糞便，因此，很少人敢用掐的，大部分都是用腳把它踩死，或是帶一個罐子，把它集中起來，帶回家餵養雞鴨。有時，看它們一條條重疊在罐子裡蠕動，的確有點那個……。」

「好了、好了，別再說下去啦。」

「想適應農家生活，首先必須不怕蟲，」我故意又說：「農家大部分都以豆豉當佐餐，然而一到夏天，罈子裡的豆豉經常長滿著蛆，它是由蛹變為成蟲，身軀白色微黃，有環節、會蠕動。往往盛起一碗豆豉準備當佐餐時，卻必須先用筷子把一條條在豆豉堆裡蠕動的蛆撿掉，然後一口安脯糊，配幾顆豆豉，因為沒注意而把蟲和豆豉一起吃下肚的大有人在。」

「真有這回事？」她有些不信。

「等一下回家午餐時，我挖一碗豆豉讓妳看看。」

「你自己看！」

「農家說來真可憐，簡直與蟲脫不了關係。」

「怎麼說？」

「田裡的農作物有蟲，吃的豆豉有蟲，拉的糞坑有蟲，幾乎是天天與蟲為伍。」我說後，指著她說：「如果妳怕蟲的話，以後最好不要來。」

「別想以此做藉口，擅下逐客令，我林玲不吃這一套。」她冷冷地笑笑，「如果依目前的情景來說，在伯父母眼裡，嘿、嘿，我的人緣不比你差。」

「早知道會有這種局面，打死也要把妳追到手。」我故意說：「小美人又算什麼東西！」

「別肉麻當有趣，本姑娘不是三歲娃兒，你還是去愛你的小美人。但我必須坦誠地告訴你，這個純樸美麗的小農村，永遠阻止不了我前來的腳步、以及熱愛它的胸懷。」

「妳現在對農耕已有一點小心得，找一天我教妳犁田。」

「真的？」她興奮地。

「當然，不過……。」

「不過什麼？」她急促地。

「妳必須先克服內心裡的那條蟲。」

「我內心裡的那條蟲，」她不解地，「什麼意思？」

「要忍受得住不怕風吹雨打太陽曬，蟲咬蟻噬蚊子叮。」我快速地說。

「我以為是什麼大不了的事，」她突然站起身，四處尋找葉脈上的芋蟲，看到就搖動著莖部，讓蟲掉落在地上，而後用腳猛力把它踩死，口中尖聲地喊著，「我不相信、我不相信，我不相信踩不死你！」

「好，」我拍了一下手，「愈來愈像個農夫樣，等我爸心情好一點，我絕對會向他提議，送妳一塊地。」

「一旦你和小美人私奔，伯父的心情會好嗎？」她不屑地瞄了我一眼，「我看不用勞駕你了，我自己向他老人家要。說不定他老人家一火，把原先要留給你的田地，全部送給我，到時我便是這個小山頭的地主了。」

「看妳那弱不禁風的鬼樣子，別說全部送給妳，送妳二塊妳也會把它荒廢成草埔。我看妳啊，還是唱妳的歌，朝演藝圈去發展，以妳的美貌和才華，以及在聲樂上的造詣，將來絕對是一個人人欽羨的名歌星，屆時，一定是名利雙收啊！」

「如果我有那種企圖心，不會跟你上山拔草、捉蟲、推牛糞土。坦白告訴你，我早已看透了一切，金錢名利對我來說已沒有誘因，我夢想中的美麗人生，就是田園生活。雖然，我來自台灣，但真正改變我想法的卻是金門這塊土地；儘管有人想離開，但我卻願意留下來，希望落腳在這個島嶼的夢想能早日實現。我有十足的信心，絕對不會把良田荒廢成草埔！」

「有時聽到妳洋洋灑灑一大堆愛鄉愛土理論，身為金門人，不感動也難啊！」我做了一個誇張的動作。

「別貓哭耗子、假慈悲。」她瞪了我一眼，「你儘管帶著小美人離開這塊島嶼，去做你們的美夢、去追求你們的幸福吧！」

「幸福還沒追求到，已是遍體鱗傷了，」我有感而發，「一旦真的狠心離開，將來勢必無顏回到這塊島嶼；到時，就像那無根的浮萍，隨著異鄉的波浪漂流。」

「別裝可憐好不好，有勇氣跟人家走，就必須許人家一個幸福的未來，這才是男子漢大丈夫應有的表現和氣魄！要不，就留下來療傷，然後重新出發，別忘了父母對你的期待，長官寄於你的厚望。」

「倘若不跟她走，我怎麼對得起小美人。」

「依目前的情勢來看，你對不起的人太多了，豈止小美人一個。」

或許，我的行為在她看來是有差池的，的確沒有和她繼續辯論下去的勇氣。有時，真的很後悔交她這個朋友，她不僅不能幫我解憂，還經常地受到她的奚落，即使是基於一番好意，然我冀求的並非如此，而是希望她能提供我一些意見，讓我和小美人多磨的好事，能得到島民多一點認同，少一點議論，而不是要她來管我、教訓我。但繼而地一想，在藝工隊中，她是少數能潔身自愛的女性，操守和才藝得到許多長官的肯定和讚賞，我何其有幸能和她成為知音，在武揚營區蒙受她的照顧和協助實在太多了，卻也讓部分長官和同僚誤解，以為我們是一對相知相惜又相愛的情侶。

平心而論，如果沒有小美人，林玲將是我此生唯一的選擇。然而，我與小美人，已交往一段很長的時間，大凡一個有血性有良知的青年，都必須為自己投入的感情負責，絕不能視感情為兒戲，更不能抱著玩弄的心理。明知這件事鬧得滿城風雨，遭受許多人的指責和議論，但基於道義，絕對不能中途退縮，也不能因單純的林玲而放棄複雜的小美人，這是我必須深思的問題。

說真的，如果沒有我的介入，依目前的情景，以及她姑姑的強勢，小美人勢必要和她那個傻瓜表哥過一生。然而，這似乎也是我的多慮，聰明的她，可以利用各種關係和管道，隻身遠離這塊島嶼，獨自到台灣追尋幸福的人生歲月，豈會屈服於命運。倘使沒有小美人，我心裡相當清楚，與林玲隨時隨地都有把友情轉換成愛情的可能。雖然在平時，我們只默默地相互關懷和照顧，對於一些較敏感的話題，從來沒有刻意地討論和表明，但彼此的心裡都相當清楚，絕非單純的朋友關係。當然，這份愛是否能形成，小美人是關鍵性人物，我那有本事腳踏兩條船。

午餐時，父親依然處在氣頭上、故意不理我，母親慈祥殷切地招呼著林玲，雖然心裡頭感到不是滋味，但卻高興帶回一個能討他們歡心的朋友。父親也撂下重話，他未來的媳婦，必須像林玲那麼乖巧懂事、儉樸誠實！或許，小美人已無緣進陳家門，如果真要和她廝守終生，除了跟她遠走高飛外，其他別無選擇。當有一天我和小美人走後，林玲還會自行來到這個小村落嗎？是否真的愛鄉愛土，愛金門這塊歷經戰火蹂躪過的土地？還是另有所思、別有他圖？在尚未得到答案前，倘使我任意地臆測，對她來說是極端不公平的……。

第十五章

社會的輿論，情報單位的反映，小美人姑姑的信函，主任下了一張「面談」的字條，我隨即與主任辦公室李秘書連繫，請他安排晉見的時間。然而，第二天主任接待歸國學人，第三天上午主持政戰會報，下午到政委會處理公務，第四天陪總司令到離島視察，第五天……，一連等了好幾天，仍然無法晉見主任，我的情緒簡直壞透了，倘若要責罵或處罰，也必須趁早，以免徒增我心理上的負擔。

終於，我接到李秘書的電話，主任將於晚上八點召見我。

那晚，懷著極端沉重的心情，我緩緩地步上政戰管制室的石階，而後穿過甬道，直接進入主任辦公室，由李秘書先行通報。當我站在主任面前時，出乎我的預料，他並沒有怒目相向，也沒有疾言厲色。

「你的行為操守、辦事能力，我一向都很賞識。」他把眼鏡取下，「外面有許多不利於你的風言風語，相信你都聽說過。我並沒有責怪你的意思，但你要知道事出有因這句話。」他燃起一根煙，吸了好大的一口，而後慢慢地吐出來，「男女相愛，原本是一件正常的事，可是你卻選錯對象、愛錯人，才會淪落成今天這種局面。據我側面瞭解，楊小姐個性外向、在金門很活躍，又沒有一技之長，未來是否能適應你們農家生活，你似乎沒有考慮清楚，只被甜言蜜語的愛情迷昏了頭。同時，人家自小和她表哥指腹為婚，可說已經有了未婚夫，而你偏偏和她走得火熱，教她姑姑不生氣也難啊！」他彈了一下煙灰，突然問：「你有沒有和楊小姐發生過什麼關係？」

「報告主任，沒有。」我知道他指的是什麼，臉上一陣火熱，據實稟告。

「既然這樣，主任就勸勸你，」他又吸了一口煙，而後吐出一圈圈白茫茫的煙霧，「不妨趁著外面一片鞭撻的聲浪，慢慢和她疏遠，以免為雙方製造更多的困擾。況且，你身體強壯、身心健康，是一個有理想有抱負的青年，還怕找不到好老婆。」他微嘆了一口氣，「有時候也不能怪她姑姑，天下父母心嘛，生了一個傻瓜兒子已夠不幸了，再眼睜睜地看著自己的未婚媳婦跟人家跑了，真是情何以堪啊！難怪她會四處告狀。」

我神情凝重地聆聽著，主任所言不虛，天下父母心啊……。

「藝工隊林玲不是跟你很好嗎？」主任慈祥地笑笑。

「我們是好朋友，」我坦誠地說：「禮拜天如果沒有演出的話，她經常跟我回家，而且還下田幫忙，她很喜歡農村生活。」

「她為什麼會跟你回家，為什麼要下田幫忙，為什麼喜歡農村生活，難道你一點也看不出來？」主任意有所指地說。

我傻傻地笑笑。

「你太純潔了，」他嚴肅地說：「一個女人的美是她的內在，而不是亮麗的外表；真正的賢妻良母，是謙和勤奮的女性，而不是走在時代尖端的女人。據我所知，林玲既乖巧又懂事，未來絕對是一個相夫教子勤儉持家的好太太。對這種人人稱讚的好女孩，你卻視若無睹、故裝迷糊；對一位頗受爭議的女人，卻自願陷入它的陷阱，承受眾人的指責，這與你平常的為人處世，以及一板一眼的辦事精神，簡直判若兩人。」他把煙蒂揉熄在煙灰缸，而後又說：「主任今天叫你來，並無意責罵你，而是提醒你，你和林玲，都是主任最信任、最器重的好青年，希望你能體會我的心意。楊小姐那邊，你要運用智慧，盡快和她做一個了斷，以免再糾纏不清。不要忘了，你是金防部福利單位員工，萬一傳到司令官那裡，問題就複雜了，知道嗎？」

「是！」我必恭必敬地答。

走出主任辦公室，我不斷地重複地思考，要運用什麼智慧始能和小美人做一個了斷？而我能這樣做嗎？除了做一個負心人外，其他理由未免太牽強了，我更不能讓小美人一生的幸福，斷送在她那位傻瓜表哥的手中。但如果和她繼續交往，我又要用什麼言詞，來向關懷我的長官解釋和交代，內心充滿著難於言喻的矛盾和苦楚。

我沒有從政戰管制室的石階走回辦公室，而是繞道來到文康中心。閱覽室閱讀書報的官兵已不多，撞球部滿是人潮，有打球的，亦有看打球的；飲食部更是誇張，明明飯後才三個小時，卻坐滿著吃宵夜的男男女女。雖然文康中心是我的下屬單位，但我並沒有驚動管理人員，只概略地瞭解一下狀況後準備走離，卻碰到迎面而來的林玲以及她二位同夥胡芳玟和羅玉慧。

「放著一大堆公文不處理，你跑來這裡幹什麼？」林玲擋住我，笑著問。

「我是因公來督導文康中心的，」我順口說，而後反問她，「我倒想問問妳，妳來幹什麼？」

「肚子餓了，來照顧你們的生意。」她有點神氣。

「飫鬼！」我以本地話消遣她。

「什麼？」她拉了我一下衣袖，「你說什麼？」

「六點吃晚餐，九點喊餓，妳想吃胖一點好嫁人是不是？」

「嫁你的大頭啦！」她順手擰了我一下。

「林玲在等你家的花轎來抬啦。」羅玉慧插嘴說。

「我家只有牛車，沒有花轎。」我笑著說。

「只要能上陳家門，牛車她也願意坐。」胡芳玟敲邊鼓。

「妳們搞錯對象了，」林玲哈哈大笑，「那是小美人的事，與我不相干。」

「這樣好不好，」我對著羅玉慧和胡芳玟說：「我請妳們吃麵，妳們先進去，我和林玲說幾句話馬上來。」

她們同時看看林玲，而後移動腳步走進飲食部。我們緩緩地走到大門右邊、那株高大挺拔的尤加利樹下。

「終於見到主任了。」我看看她，淡淡地說。

「怎麼今天才見到？」她訝異地問：「我還以為你挨罵而不敢對我說呢。」

「主任實在太忙了，等了好幾天，下午才接到李秘書的通知。」

「挨罵了沒有？」她關懷地問。

「出乎我的預料，他比組長和靄多了，更沒有父親的疾言厲色。」

「他贊成你與小美人繼續交往？」

「沒有，」我坦誠地說：「他要我運用智慧，盡快和小美人做一個了斷，以免再糾纏不清，萬一傳到司令官那裡，就不好交代了。」

「樹大招風，」她搖搖頭，「其實小美人是很善良的，對你的感情也沒話說，唯一令人頭痛的是有婚約在身，這也是你們邁向婚姻路途的絆腳石。」

「有時的確讓我百思不解。」

「有什麼不解的？」

「從父親、組長到主任，幾乎人人都稱讚妳，也拿妳來做指標；而我愛的偏偏是讓他們感冒和嫌棄的小美人，仔細地想想，真不該認識妳。」

「既然這樣，我們現在就絕交！」她不屑地白了我一眼，轉身想走。

「不，」我趕緊拉住她，「如果真的和小美人做一個了斷，我頂多是一個負心的人，除了她不諒解外，其他人或許都會拍手叫好。倘若我們絕交，我的人格和道義將蕩然無存，父親和長官勢必會以更激烈的言詞來責罵我。坦白說，林玲，我失去小美人沒關係，卻不能失去妳這位人人稱讚的好朋友。」

「跟你開玩笑啦，」她笑著說：「假如真的和你絕交，我回歸農村的美夢勢將破碎，那是得不償失的。」

「這個理由太牽強了，不要忘了，我的父母親對妳如同自家人一樣。沒有我帶路，妳照樣可以回鄉下，照樣會受到他們的歡迎，照樣能博取他們的歡心！」

「那你準備運用什麼智慧，和小美人做一個了斷呢？」

「我的心裡充滿著矛盾。老實說，人與人之間的感情，並非如一般人想像的那麼淺薄，豈能說斷就斷！況且，我們又是真心相愛。」我突然想起，「主任竟然還問我，有沒有和小美人發生過什麼關係。」

「主任真是的，怎麼會問起這個問題。」

「他的意思或許認為男女間如果沒有發生超友誼的關係，較容易了斷；一旦有不正常的關係，卻必須負責。」

「你怎麼回答？」

「廢話，當然是沒有啊！」

她默不作聲。

「難道妳不相信？」

「諒你也沒有那份勇氣！」

「妳林玲真是我的知音啊，」我竟然脫口說：「摟摟抱抱有啦，獨獨這種行為不能開玩笑。」

「肉麻！」她瞪了我一眼。

「在妳面前，我是實話實說、不敢撒謊。」

「既然感情不能說斷就斷，就該好好想想你和小美人的未來。萬一事情愈鬧愈大，傳到司令官耳裡，就不像主任那樣了。」她提醒我說。

「主任對我真是太寬厚了，原以為會挨一頓罵，想不到他連一句重話都沒說，而是以規勸的方式來開導我。」

「儒將畢竟是不一樣的。」

「不，我曾經在會議中，聽到他當眾罵人。」

「可能沒有把事情處理好，或處理得不盡理想，讓他極端的失望和痛心，才會動怒。」她又以警告的語氣說：「不過你也得小心，往後如果因為小美人的事再被傳喚，可能就沒有像今天那麼幸運了。」

「有些事，的確是我們料想不到的。」我有點膽怯，「希望下次面談的不是我而是妳。」

「我，」她不解地，「與我何干。」

「主任說：林玲既乖巧又懂事，未來絕對是一個相夫教子、勤儉持家的好太太，對這種人人稱讚的好女孩，你卻視若無睹、故裝迷糊；對一位頗受爭議的女人，卻自願陷入它的陷阱，承受眾人的指責。」我把主任的話重提了一遍，「或許有一天，主任要親自問妳，我是否真的視若無睹、故裝迷糊；還是妳視若無睹、故裝迷糊。」

「這種事要問你才對啊，怎麼會扯上我呢？」

「長官自有考量，」我威脅她說：「搞不好挨罵的是妳！」

「笑話，」她不相信，「如果我挨罵，你一定挨打。」

「很有可能，」我點點頭笑笑，「主任或許會罵妳多情玉女，打我視若無睹。」

「別胡扯了，我們吃麵去，」她拉拉我的衣袖，「讓胡芳玟和羅玉慧等久了，就不好意思啦。」

「我不餓，妳們去吃吧，」我看看腕錶，「我先走了，還有一大堆公文要處理。」

「別熬夜，知道嗎？」她深知我的處境，並沒有留我，而是用她那對烏黑明亮的大眼，深情地凝視著我。

我笑笑，笑出內心一絲淡淡的憂愁。我該運用什麼智慧，才能把小美人這段受到眾議的感情處理好。

回到組裡剛坐下，組長隨即把我叫進他的辦公室。

「主任找你談些什麼啦？」組長關心地問。

我把主任的規勸向他陳述了一遍。

「我早就跟你說過了嘛，」組長頓了一下，竟然說：「如果你不好意思向楊小姐表明，找一天我親自向她說去。」

「謝謝組長，這種事還是我自己跟她說較恰當。」

「你有這份勇氣嗎？」組長激著我。

「試試看。」我不敢肯定。

「只要你和楊小姐的感情做個了斷、不再糾纏不清，我下次回台灣休假，就幫你到林玲家裡提親。」組長正經地說。

「不、不，」我連忙地搖搖手，「報告組長，這種事不能開玩笑。」

「開玩笑，」組長重複我的話語，笑著說：「我怎麼會跟你開玩笑，林玲絕對是一個循規蹈矩的好女孩，千萬不要錯過這個機會。」

是的，大家都說林玲是一個好女孩，但在我心中，小美人何嘗不也是一個好女孩呢？或許，千不該萬不該，不該自小與她表哥指腹為婚；千錯萬錯，錯在她穿著過於新潮、交遊過於廣闊，以及因這一次的風波而遠近馳名，其他又有什麼可挑剔的。若論美貌和親和力，她不遜於林玲；當然，若論氣質、論才華，林玲是略勝一籌的，尤其是她的品德和操守，雖然沒有十全十美，但似乎找不到可以批評的地方，這或許是長官賞識她、父母疼愛她的最大原因吧。

第十六章

小美人運用各種關係，終於順利地拿到警總核發的出境證。這本「金馬地區人民出入境證」彷彿是她邁向幸福人生的護身符，只要姑姑再逼婚，她隨時可以離開金門這塊土地，絕對不會輕易屈就、去和她那位傻瓜表哥過一生。除此之外，她唯一的夢想是要我跟她到台灣謀生、而後結婚，在異鄉過我們幸福快樂的人生歲月。

她的構想雖然很好，但我的確有現實環境的考量。

首先是我年邁的父母親，他們一生務農，與田為伍、與牛為伴，辛勤耕耘了大半輩子，好不容易把孩子拉拔長大。而今，孩子長大了，也謀取到一份安定的工作，待遇雖然不高，但至少對貧窮的家境不無幫助。一旦沒有說出一個令他們心服的正當理由、經過他們同意而狠心離開，屆時，勢必會讓他們傷心絕望；這種做法，亦非為人子女應有的態度和作為。

其次是一路拉拔和照顧我的長官，儘管我目前這份工作並非正式公務人員，但想廢除這個單位是不可能的，因此，只要本身承辦的業務沒有重大疏失或違法，我依然能長久在這個單位服務。況且，長官對我的工作能力和表現，都持高度的肯定，雖然我身兼二職，承受的壓力不輕，工作也極為辛勞，但在職務上卻不斷地幫我調整和升遷，從初任時的領班、管理員、會計到目前的主管職，如果沒有捲入小美人感情上的風波，我的操守雖不完美，但也差強人意，至少沒有染上吃喝嫖賭不良的惡習。而今天，為了能和小美人廝守終生，我必須辭去目前這份安定的工作，跟隨她到台灣另謀他職。倘若長官再三慰留，而我不識相非辭不可，勢必會讓長官痛心和失望，怎麼對得起他們。

其三我與林玲的私交儼若兄妹又像是一對親密的男女朋友，雖然她無權干涉我的私事，我們的友誼也純粹建立在相互尊重上。她乖巧、勤奮又懂事，平日如果沒有彩排或演出，會主動到辦公室來，幫我處理一些瑣碎的事務，減輕我不少工作上的負擔。而每逢星期假日回到鄉下，不是跟我上山，就是幫母親做家事，往往都能得心應手博取父母的歡心。誠然，我不明白她是否真的熱愛這塊土地、才跟我回家的，還是另有目的。但我似乎敢於肯定，一旦我走了，林玲絕對不會獨自來到這個窮鄉僻壤；真到了那個時候，父母的歡顏必然會減少，我也同時失去林玲這個好朋友。仔細想想，倘使我真的跟著小美人到台灣，除了能得到她外，失去的勢必會更多。儘管我的理由很充足，卻不能獲得小美人的認同。

那天夜晚，我們相約來到太湖邊一個廢棄的碉堡旁，在濃密的木麻黃遮掩下，彷彿只屬於我倆的空間，於是，我們像一般熱戀的情人一樣，背靠碉堡的牆壁，緊緊地相偎依。

「我姑姑簡直像瘋狗一樣，到處亂咬人，我媽幾乎快被她逼瘋了，」小美人無奈地說：「出境證已經下來了，我看不快一點走的話，連我都會發瘋！」她說後，突然地問：「你的出境證辦好了沒有？」

我沉默著，不知如何回答她才好。

「你不願意跟我一起走、是嗎？」她逼人地問。

「到現在，我還想不出一個正當的理由、來填寫出入境證申請書。」我據實說。

「我們到台灣工作、結婚啊，難道這不是理由！」她理直氣壯地說。

「我必須先向組長報告一下。」

「你根本就沒有跟我走的誠意。」她有點激憤。

「不要想太多。」我輕拍她的肩，安慰她說。

「如果你不願跟我走，我一點也不勉強，」她哽咽著說：「我知道你捨不得離開林玲。」

「別扯得太遠，」我低聲地說：「我一直希望我們的事情，能得到父母和長官的認同，如此一來，就可以光明正大地一起走，別讓我背負一個誘拐人家未婚妻的罪名。」

「你害怕了、是不是？」她激動地，「難道你忍心看著我一生的幸福斷送在我姑姑的手裡？我知道你離不開父母、離不開長官、離不開林玲，但是我們曾經相愛，我們的事已傳遍了金門的大小村落，幾乎無人不知、沒人不曉；為了我們的愛和未來，你就不能牽就我一點。」

「我能理解妳現在的心情，」我也有點激動，「既然愛妳，我不會放著妳不管，至少，我必須為這段感情盡責，因為我是一個堂堂正正的男人，絕對沒有抱著一種玩弄的心理，希望妳瞭解！」

「我並非有意要責怪你，而是這件事太急迫了，不快點走不行。」她輕輕地撫著我的臉頰，「一旦到了台灣，就是我們的天下了，只要我們勤奮節儉，絕對會過一個幸福快樂的好日子。陳大哥，在幸福這條路上，我不能沒有你的陪伴，我不能沒有你的扶持，我不能沒有你的愛，我會做一個好妻子、好母親的，請你相信我！」

「想不到在愛情這條路上，我們走得竟是那麼的辛苦。」我有感而發。

「只要我們離開這塊土地，相信未來的日子都是甜蜜的。男人冀望從女人身上得到的任何一樣東西，陳大哥，我會一樣不缺地把它奉獻給你，直到你完全滿意為止。」

我激動地一把把她摟進懷裡，她仰起頭，烏黑的大眼閃爍著一絲愛的光芒，我們緊緊地抱在一起，我的手總是不聽指揮，熟練地伸入她的身軀，在她光滑柔軟的肌膚上，一遍遍，不停地輕撫著，不停地輕撫著……。

「陳大哥，」她微微地推了我一下，低聲地說：「如果今晚就是我們的新婚之夜，不知該有多好，我們可以在這片綠色的絨毯上，盡情地享受屬於我倆的幸福時光。」

「是的，如果就在今夜多好。」

「你有這份勇氣嗎？」

「事到臨頭，自然就會衍生出勇氣。」

「真的！」她話剛說完，隨即把我撲倒在草地上，我還來不及反應，她整個身軀已壓在我身上，左手抱著我的頭，柔軟的右手則不經意地觸動我敏感的部位，讓我青春熾熱的火焰不停地在體內燃燒。於是我翻過身，此時躺在草地上的是我心中的小美人，只要我有足夠的勇氣，就可輕易地把她身上那條溥薄的褻衣扯下，繼而地就能滿足我此生從未嚐試過的生理需求。然而，好事已臨頭，我的勇氣只是說說而已，並沒有真正衍生出來。

「以後在我面前，少提勇氣這兩個字。」她失望地說。

「不，要看用在什麼地方，」我辯解著說：「對於妳的安全，站在一個男人的立場，我絕對有護衛妳的勇氣，在沒有取得合法夫妻關係時，我的確沒有勇氣奪取妳的貞操。儘管我和一般正常男人一樣，想體驗一下成年人的性樂趣，妳也願意把此生最珍貴的童貞給予我，但我實在狠不下這個心，就留待我們新婚之夜再來吧！」

「你設想之週到，太讓我佩服了，相信這個美夢很快就會到來；陳大哥，就讓我們共同來等待吧。」

「是的，等待是美的，美得像我心中的小美人。」

她緊緊地抱住我，時而在我頰上輕吻，時而在我唇上熱吻，把人世間所有的煩惱全拋在腦後。

激情過後，我們又恢復理性的溝通。

「你的出境證要趕快去辦，知道嗎？」她再次地叮嚀著。

「不管我的父母和長官如何地反對，我決定跟妳一起走。」

「你沒有騙我？」

「我只有愛妳，不會騙妳。」

「對林玲你要如何交代？」

「我們是好朋友，沒有感情上的糾葛，無所謂交代不交代。」

「真是這樣嗎？」

「我的感覺是如此的。」

「我們見過多次面，也談得很愉快。」

「我怎麼不曉得。」

「很多事不必向你報告。」

「這樣最好，耳根可以清靜。」

「不，有時候你是故裝迷糊。」

「我裝什麼迷糊啦？」

「你真不知道林玲喜歡你？」

「在武揚營區，從將軍到小兵，幾乎沒人不知道我和林玲交情不錯，但妳所謂的喜歡，不知定義在那裡。」

「難道你不知道愛是由喜歡衍生出來的？」

「如果沒有妳小美人，一旦和她相處久了、瞭解深了，或許有一天，真的會迸出愛的火花。」我坦誠地說。

「怎麼你的想法和林玲一模一樣，」她笑著，「是不是串通好的。」

「這是我自己的想法，與任何人無關。」

「其實你與林玲蠻登對的，有時仔細想想，應該成全你們才對。但愛情這種東西卻是自私的，往往對於自己所心儀的人，只想佔有不會想放棄，除非不得已。」

「林玲既乖巧又懂事，長官相當賞識，人緣更不在話下。」

「還要勞你來推薦？」她有點不屑地說。

「我只是隨便說說而已。」我自討沒趣地笑笑。

「老實說，經過幾次晤談，我深深地發現到，她氣質高雅、待人親切，談吐有內涵，更有一份脫俗的自然美，不是一般金門女孩能和她相媲美的。整個人看來，比在舞台上漂亮多了。」

「在我的感覺中，妳小美人跟她比起來毫不遜色。」

「少油腔滑調，」她白了我一眼，而後笑著問：「你吻過她沒有？」

「坦白告訴妳，」我正經地說：「從妳身上獲得的，或給予妳的，全是我人生歲月的第一次。到現在為止，除了妳小美人外，我沒有吻過別的女孩，也從未像我們那麼激情地繾綣纏綿過。」我說後，竟然問：「妳呢，有沒有和別的男孩在一起的經驗？」

「在一般人眼裡，從我的穿著和妝扮，可能都認為我是一個不正經的女人，」她有些不平，「我知道很多人都以有色眼光來看我，甚至想吃我的豆腐、佔我的便宜。如果我真是那種女人的話，只要對那些豬哥官好一點，想要什麼就有什麼，又何必去當人家的店員，成天忙得要死，一個月才八百元薪水。」

「一旦到了台灣，穿著要樸素點……。」我還未說完。

「我已經想過了，」她急促地說：「你儘管放心，不必等到台灣，只要一上船，我馬上改頭換面，絕對會以村姑的姿態、面對台灣那個複雜的社會，更會以我的毅力，克服任何困難，打造一個屬於我們幸福美滿的家園。」她激動地說，而後警告我，「以後不許你叫我小美人。」

「年輕時不許人家叫，再過十年八年、就要成為老美人了。」

「只要能和你生活在一起，只要你不嫌棄，變老變醜我毫無怨言。」

「現在說這些，似乎太早了，」我無奈地，「真正的難關還沒克服呢。」

「只要你誠心跟我走，只要你辦好出境手續，距離我們心中的美麗新世界，已經不遠了……。」

然而，現實與理想，往往處在兩個不同的極端，一切苦難才要開始。

雖然，福利單位員工生出入境業務是我承辦的，但我實在想不出一個充份的理由、來為自己辦理出境手續，而且申請書必須由組長蓋章始能送會政四組，倘若出境的理由太牽強，組長這一關就不能通過，遑論想移請第一處轉送警總。

經過多日的深思，以及從報上得知普考預定近期舉行，簡章正在發售中。我趕緊寫信託請台北的友人，為我寄來報名表，其目的只是辦理出境手續，好跟小美人一起走，並非為了自身的前途而遠赴台北參加考試。

起初組長信以為真，而且鼓勵再三，我也裝模作樣，向明德圖書館借來幾本參考書，若有其事地翻閱著，只要出境證一到手，我馬上辭職，屆時，就可以順利地和小美人遠走高飛，到台灣過著幸福快樂的日子，其他的事，我管不了那麼多。

或許，組長已看出了一些端倪，發現我心神不定，公文處理草率，下班就往外跑，根本就不像準備考試的樣子。他雖然看在眼裡，但並沒有找我去面談，或詢問詳情，倒是透過林玲來瞭解我到底在搞什麼鬼。

那天下班後，我匆匆吃完晚餐，正準備抄小路到山外找小美人，林玲單槍匹馬地擋住我的去路。

「怎麼，值星官剛喊開動，你就吃飽了。」她挖苦我說。

「妳不進去吃飯，站在這裡幹什麼？」我反問她。

「明天的會議資料準備好了沒有？」她雙手插腰，口氣有點硬。

「出去一下，回來再加班。」

「一大堆資料還沒整理，你要加班到幾時？」

我無言以對，明天的會議資料的確只裝訂了一半，而且還是她來幫我整理的。

「不要被小美人的愛迷昏了頭，」她提出警告，「你要什麼花招組長早就看出來了。」

「看出來就看出來，大不了不幹！」我不屑地說：「一個人幹二個人的事，成天忙得一塌糊塗，別以為這碗飯好吃！」

「你以前不是幹得很起勁、很有成就感嗎？對一路提拔你的長官不是很尊敬嗎？怎麼今天說出這種話！」她毫不客氣地指責我說。

「對這種工作我厭倦了。」我辯解著說。

「誰不知道你想跟小美人私奔，」她又提出警告，「不要打如意算盤，台灣社會沒有你想像中那麼好混，工作也沒有你想像中那麼好找！」

「為了愛，我願意跟她一起去打拚。」

「我不想跟你抬槓，那是你與小美人之間的事。」她氣憤地再次提出警告，「在你還沒離開政五組之前，請問：明天司令官主持的福利委員會，會議要不要召開？會議資料要不要準備？不要忘了你現在的身分，不要為了和小美人約會而怠忽職守，不要忘了長官對你的賞識和期望，更不要忘了自己姓什麼！」

「妳未免管太多了吧！」我面無表情地，指著她說。

「我不是管你，而是提醒你，希望你好自為之！」她高聲地指責我說，而後氣憤地轉身就走。

我傻傻地站在原地，想不到一向乖巧聽話的林玲竟會發那麼大的脾氣，仔細想想，我的確有檢討的必要。明天八點開會，而會議資料尚未準備好，我竟那麼急迫地想去見小美人。明知和她見面一聊就是一二個鐘頭，並非三五分鐘就能結束的，但我不知中了什麼邪，放下重要的公務不辦，一心一意想去見她，想從她柔軟光滑的身軀獲得短暫的溫存，想從她火紅的嘴唇得到甜蜜。或許，我真的被她迷昏了頭，果真如此的話，愛情的力量實在太偉大了，一向理性的我，竟然會成為它手下敗將、任由其擺佈、戲弄。難道我真是一個失格又失檢的無恥之徒？抑或是一個不要臉的男人？我不停地反覆思考自問。

在小路上久久地佇立，我的腦海終於清醒了許多，我已沒有往前走的勇氣，直接回到辦公室。然而，辦公室卻空無一人，只有我這個倒楣鬼來加班，當我看到桌上那堆會議資料和那疊待辦的公文，不滿的情緒隨即降到最低點。我合理的懷疑，長官對我好，絕對是想利用我的傻勁，為他們做更多的事。但繼而地一想，我已準備辭職跟小美人到台灣去，再幹也幹不了多久，何必跟他們計較。

我不情願地把資料一疊疊放在地板上，然後按順序撿拾、裝訂，這是一件很煩人的工作，如果有一位幫手那是再好不過，偏偏二個傳令兵都是飯桶，沒有林玲的細心，惟恐他們搞錯反而為自己添麻煩，不得不自己動手；動作雖然緩慢，但絕對不會有誤。昨天林玲過來幫了不少忙，今天生那麼大的氣，鐵定是不會來了。管它的，求人不如求己，我心裡如此地想著。

組長見我自個兒忙得不可開交，終於說話了。

「怎麼不叫傳令來幫忙？」

「越幫越忙，」我冷冷地說：「叫他們跑跑腿、送送公文還可以。」

「可以叫林玲來啊，昨天她不是來幫忙了嗎？女孩子總是較細心的。」

我自忙自的、沒有答覆他。

他看我有點不耐煩，無趣地逕自走進辦公室。

不一會，我聽到組長高聲地要總機接藝工隊的電話，心想，一定是叫林玲過來幫忙。而在氣頭上的林玲、她會像以往那麼熱心地來幫忙嗎？如果我沒猜錯，她絕對會來，因為我瞭解她的乖巧善良，勢必不會因一點小事和我計較的。一旦她來了，儘管我心裡有多麼地懊惱，絕不以任何激烈的言詞來激怒她。多年的相處，我們內心早已衍生出一份異於友情或愛情的情懷，此時，我更不能因擁有小美人的愛情，而失去林玲的友情。

她真的來了，我內心的喜悅溢於言表，但她只管幫我整理和裝訂會議資料，故意不理我、也不和我說話。我時而偷偷地看看她，看她那清純秀麗的面龐，看她那高雅的氣質，看她那豐滿的身軀，看她那曾經和我一起推糞土、拔草、捉蟲的柔軟小手。這些在小美人身上不容易發現到的，此時正在我身旁，我竟不懂得珍惜和憐愛，偏偏去愛一個遭受非議、樣樣不如她、父母長官都不認同的女子。倘若我真的跟她到台灣，套一句林玲的話，那叫「私奔」，所有的鄉親父老、親朋好友、長官同僚，或許都會以一對異樣的眼光來看我。他們心中的好子弟、好朋友、好部屬、好同事，就在一瞬間全變了樣，我的名譽受損是咎由自取，而置父母的尊嚴、名聲於何地。林玲沒說錯，我是被小美人迷昏了頭，而明知自己犯錯，卻不知要如何來扭轉、來導正、來改過。

「晚餐沒吃好，肚子餓不餓？」她站在我身旁，低聲而深情地問。

我看著她、久久地看著她，看她那故意不理我的俏模樣。

「看什麼，有什麼好看的！」她瞪了我一眼，卻難掩唇角那絲笑意。

「對不起，林玲，我的確昏了頭。」

「你豈止昏了頭，簡直變成另一個人！」她怒氣未消地指責我說。

「看到妳生氣，我心裡感到相當的難過。」我坦誠地說。

「看你晚上那副鬼模樣，教人想不生氣也難！」她拿著一份剛裝訂好的資料，敲了我一下頭。

「人，真是一種奇怪的動物，有時自己所作所為，連自己都感到可笑。」我有感而發，「明知山有虎，偏向虎山行。」

「什麼意思？」她不解地問。

「明明知道小美人受到很大的爭議……。」我尚未說完。

「你卻偏偏愛上她！」她搶著說：「老實告訴你啦，大男人嘛，要有自作自受的心理準備。只要自己歡喜做、甘願受就好，旁人管不著！」

「有時候，我的心裡實在感到很矛盾。」

「你只是嘴巴說說而已，」她似乎已看穿了，挖苦我說：「一旦和小美人約會，嚐到相擁、相抱、相吻的甜頭，就忘了自己的名和姓了。你的心裡還有什麼可矛盾的！」

「妳林玲真是我的知音啊！」我不甘示弱，「希望妳站在多年朋友的立場，時時加以督促和提醒，萬一有一天，我真的忘了自己的名或姓，妳林玲要負全責。」

「別胡扯了，整理好後我們吃麵去，肚子還真有點餓。」

「妳沒吃晚飯？」

「晚餐時氣飽了，吃不下；現在氣消啦，肚子也餓了。」

「對不起，林玲，」我歉疚地說：「看妳轉身就走，我心裡感到相當的難過，幸好及時回來，一旦會議資料整理不出來，明天準沒有好日子過。」

「這段時間你真的變了，」她搖搖頭，「有人說，男人有了愛，會增強他的信心、鬥志和工作熱忱，而你卻沉迷在愛的旋渦裡不能自持，幾乎快成為一個頹廢的青年，這是相當可怕的一件事，希望你振作點。」

整理好會議資料，我們緩緩地走出辦公室，說好到金勤連開設的飲食部吃米粉。走過明德池塘，經過水上公園，微風從太武山谷輕輕吹在我們的面龐，讓我們感受到工作過後的怡然愜意。

「你決定跟小美人私奔？」她突然地問。

「老話一句，我的心裡充滿著矛盾。」我看看她，竟然脫口而出，「小美人說我倆巒登對的，還有意成全我們呢。」

「少噁心！」她不屑地，「人家在你面前隨便說說，你怎麼可以在我面前隨便講講。」

「我沒有騙妳。」

「不管有沒有騙我，對愛情要專一，不能見異思遷，這是做人的基本原則，知道嗎？」

「如果我真的跟小美人走，妳會不會瞧不起我？」

「倘使你真走了，將來一旦見面，我們還是朋友；假如你不走，我們跟以前一樣，還是好朋友，怎麼會瞧不起你呢？但你也別忘了，朋友與好朋友之間是有所區隔的，相信以你的智慧，一定能領悟到它的真義。」

「或許事到臨頭，就能體會到妳話中的含意。」

「相信你能體會出來的。」她說後，竟主動地勾著我的手指頭。

「有一句話說出來，妳可能不相信。」我緊緊地把她的手勾住。

「什麼話？」

「我捨不得離開妳。」

「現在我相信，等你見到小美人後，我就不信了。」

「我很懷念我們上山推糞土、挖地瓜、捉芋蟲的那段時光。」

「我們的感受一樣。一旦你走了，我還是會到鄉下探望伯父母，說不定也會上山下田幫忙，只不過與當初的情景不一樣而已。」

「人是有感情的。」我有些感慨。

「我認同你的想法，但無論是親情、友情或愛情，靠的是雙方的真誠。感情兩字說來不難，想以身投向它則不易；愛情更是撲朔迷離，讓人摸不著邊際。」

「妳對感情的認知，確實比我更深入。」

「社會上的形形色色我看多了，而你卻是這個社會少見的處男。以愛情而言，只要讓你嚐點甜頭，就會渾然忘我。如果沒讓你吃點苦頭，永遠不知道情字的定義是什麼，這是我一點淺見和看法，朋友一場，不得不提供你做參考。但忠言逆耳，希望你不要見怪才好。」

「謝謝妳的諍言和啟迪，或許真是所謂：當局者迷、旁觀者清。」

「朋友之間不必言謝，只要你記住就好。」

「會的，林玲，」我晃動她的手，「我不能沒有妳這位朋友，會永遠記住妳的話。」

「真的？」她疑惑地笑笑，「在我的揣測中，你的記憶力永遠抗拒不了小美人的甜言蜜語，一旦見面，隨即改觀。」

「有那麼嚴重嗎？」我看看她。

「不信，你試試看。」她似乎已看穿了我。

不錯，林玲已徹底地看穿了我，在她不厭其煩的開導下，我只暫時地振作了一會兒。我的理智和情感已抗拒不了小美人的甜言蜜語和濃情蜜意，於是，我再次地沉迷在她溫馨的懷抱裡不能自持；日日夜夜做著跟她私奔的美夢，時時刻刻想著她櫻紅的唇、火熱的吻，想著她雪白光滑的胴體、誘人的酥胸……。

第十七章

我的出入境證終於由警總核發下來了，事由是考試，比起探親、醫病、升學冠冕堂皇多了，我內心沾沾自喜，也從速地把這份喜訊告訴小美人。

「下一步要怎麼走、你應當清楚。」她興奮地說。

「我必須先辭職。」我打著如意算盤。

「長官會批准嗎？」她有點憂慮。

「批准，最好；不批准，我也要走。為了我們的愛和未來，小美人，我們是非走不可，只有離開這裡，才有幸福可言。」

「有你這句話，我就安心了。」她說後，雙手快速地勾住我的脖子，在我唇上輕輕地吻著吻著。

然而，我怎麼能忍受她的挑逗，青春的慾火驟然間燃起，我一把把她摟進懷裡，讓心中熾熱的火焰自然地燃燒，我聞到的是濃濃的女人香，我碰觸到的是軟綿綿的少女身軀，我享受的是人生最美好的時刻，如此浪漫纏綿的情景，一生中能有幾回。父母、長官、親朋好友以及工作，對我來說已不重要，惟有小美人才是我此生的最愛，只要能擁有她、其他又有何求。我寧願陶醉在她溫馨的懷裡，永不甦醒！

林玲實在是太瞭解我了。她沒說錯，不管她如何地開導和勸說，無論提出什麼諍言，只要見到小美人，只要和她繾綣纏綿在一起，我什麼都會忘掉，我什麼都會記不起來。

「把你的出入境證交給我，你只管辦你的辭職手續，其他的事我來安排。絕對會讓你坐太武輪，不會讓你去擠開口笑。」小美人信心滿滿地說。

「一旦長官批准我辭職，我會盡快告訴妳。」我說後，又有一點憂慮，「不過還得等接我職務的人來，才能順利地辦理移交，時間上或許會拖延幾天，不能說走就走。」

「這點我清楚，」她點點頭、看著我，「我一方面準備行李，一方面打聽船期，另一方面等你的消息。」

「一旦太武輪離開料羅灣，就是我們的天下啦，」我緊緊摟住她，興奮地問：「妳高興嗎？」

「離開這塊土地是我夢寐以求的，我怎麼會不高興呢！」她突然問：「你有沒有把這個消息告訴林玲？」

「我還沒告訴她，」我頓了一下，「坦白說，林玲對我簡直照顧得無微不至，在公務上也幫我很多忙，但有些事她實在管太多了，好像是我的大姐，經常搬出一套大道理來訓人。」

「不要忘了愛之深責之切這句話，」她收起了笑容，「有時候我再三地思考，林玲是一個既純潔又懂事的好女孩，你們應該在一起才登對，不應該和我淌這種混水，讓你背負這輩子不該承受的罪名，毀了你一生的前途和清譽。但仔細地想想，我實在心有不捨，不能沒有你，心裡感到矛盾極了。」

「坦白說，從妳身上我體會到愛的真諦、瞭解到女人對男人的重要性；我夢想中的女性胴體，也一一在你柔美的身軀上得到答案。因此，對這份感情，我是很珍惜的。」

「在我身上得到的，照樣可以在林玲身上尋找到。甚且，她的美貌比我更出色，身材比我更豐滿，氣質比我更好，真正的美人是她，而不是我！我只不過是浪得虛名而已，純粹是被那些阿兵哥叫出來的。」

「不錯，林玲有她的優點，對我也很好，追求她的人一大堆，似乎都不為所動。但我並不是一個見異思遷的男人，既然愛妳就不能背叛妳，更要為這段感情負責。雖然我們的事鬧得滿城風雨，我的家人、長官和親朋好友都承受不少壓力，我還是決定跟妳走。」

「我知道你是一個可以依靠的男人，說真的，四面八方給我的壓力不會比你輕，你們主任和組長就曾經找我談過……。」她還未說完。

「談些什麼？」我急促地問。

「都是為你的前途著想。」

「一個軍中雇員，又有什麼前途可言。妳怎麼回答他們？」

「為了愛，我必須考慮，不會輕易地屈服。」

「想不到我們單純的愛，會搞得天翻地覆，全金門大小村落，幾乎無人不知、沒人不曉。」

「這都是我害的，」她有些歉疚，「倘使知道有這個後果，我寧願不認識你。」

「如果當初接受我做媒，妳現在就是主任夫人了……。」

「你去死啦，」她搥了我一下，「到了這個節骨眼，還開玩笑！」

「別想太多了，一切聽天由命吧。」我自我安慰地說：「船到橋頭自然直。」

「凡事不要太樂觀。」

「為了愛，我們沒有悲觀的權利。」

「但也不必過火，」她含笑地看看我，「該你的跑不掉，不該你的強求也沒用。林玲說你被愛迷昏了頭，這段時間工作散漫、常和長官頂嘴，她的勸說你一點也聽不進去。你要知道，這是一種要不得的行為。」

「反正我準備不幹了，不必再為他們賣命。」我辯解著說。

「人要懂得惜緣、感恩，況且，主任和組長待你不薄，要記住：人情留一線、久後好相見，倘若連這個簡單的道理都不懂，硬要把事情搞砸，對你並沒有好處。」

「怎麼妳和林玲一樣，學會了會訓人。」

「我剛才不是說過，那叫：愛之深責之切！懂了嗎？」她神氣地說。

「女人，妳的名字叫——難懂！」我不屑地回應她。

「別忘了要和人家好好相處，工作必須熱忱有勁，不能怠忽職守，林玲的話千萬要聽，不要辜負長官的期望。」她雞婆地叮嚀著。

我點點頭，無語地沉默著，卻也不明白她說這些話的用意是什麼。一個準備辭職走路的人，混一天算一天，為什麼要墨守那些教條，背負傳統的包袱，難道小美人也中了林玲訓人的毒素？我怎麼想都想不通、也搞不懂。

寫好辭職書，我把它夾在紅色卷宗裡，趁著組長到擎天峰參加晚餐會報時，連同其他公文，一起放在他的辦公桌上，待他和副主任、主任、副司令官核閱簽章後，就可送請司令官批示，這也是一般公文處理程序。然而，各級長官對我的辭呈是否會有意見，我不得而知。倘若順利的話，明天下午司辦室就會把司令官批示過的公文送回組裡；如果長官有意見，則必須一關過一關，有時就卡死在主任辦公室，永遠送不到司令官手中，案子不是胎死腹中、就是被退回來。

次日，我若無其事地照常上班，審查福利單位的會計報表、簽擬人事調整案、移送侍應生出入境申請書、開具福利盈餘支付通知單、核發四大免費服務票，以及執行國防部、陸總部的重大法案……等。這些事務，幾乎都是我每天的例行工作；它還不包括會議的召開、福利單位突發事件的處理和不定時的業務檢查。我在這個單位忙碌的情形、承受的工作壓力，相信各級長官都了然於胸。

日子一天二天過去了，我的辭呈依然沒有一點動靜，經過側面瞭解，它還擺在組長的辦公桌上。我不敢當面詢問他，惟恐挨刮。一直到了週末，各單位來領取勞軍電影票的人絡繹不絕，林玲夥同羅玉慧也來了。

「妳這個禮拜不跟我回去？」我問林玲說。

「你不是要去找小美人嗎？」她反問我。

組長正好走出來，他板著臉孔看了我一眼，卻朝林玲笑笑。

「你們兩個到我辦公室來一下。」他指著林玲和我。

我快速地站起來，已有挨罵的心理準備，和林玲一前一後進入組長辦公室。

「怎麼，你不幹了？」組長翻開我的辭呈，面無表情地說。

「我準備到台灣謀生。」我立正站好，不敢怠慢，深恐他不准我辭。

「你和令尊令堂商量過了沒有？」

「還沒有。」我據實說。

「糊塗！」組長氣憤地合上卷宗，「為了一個女人，竟連自己的父母也不懂得尊重，一心一意只想和人家私奔，你以為我不知道！」

「報告組長，不是這樣的……。」我想解釋。

「不是這樣是那樣？你以為我是傻瓜、白癡，三歲小孩！」他依然氣憤地。

我百口莫辯。

「林玲，」組長指著她，「妳明天跟他回家，聽聽他父母怎麼說，回來向我報告。」

林玲微微地點點頭，而後看看我。

「不錯，你的確為政五組做了不少事，你的辛勞主任、司令官都知道，但是，你有沒有想過，你今天的職位是怎麼來的，金防部有沒有虧待你！」組長氣憤地拍了一下桌子，「你在社會上歷練了那麼多年，學識和能力都受到許多人的讚賞和肯定，竟然會被一個受到爭議的女人牽著鼻子走、迷得團團轉。現在你轉頭看看你身旁的林玲，那個被戲稱為小美人的女人能夠和她相比嗎？有她的漂亮、有她的賢慧嗎？人家照顧你、協助你，對你有多體貼、有多好，而你卻不懂得珍惜，成天和那個三八女人鬼混。你自己檢討看看，看你這段時間延誤多少公文？有多久沒有到下級單位查帳了？我都不願意講你，看你能不能自我反省！」

我無語地接受組長的指責，這幾個月來，發生多少錯誤、延誤多少公文，不必做任何的檢討，我自己清楚。

「老實告訴你，這個單位不是你想來就能來、想走就走得了的！」組長的怒氣並未消，而且還帶點威脅的口吻，「只要主任一通電話，上船後照樣把你拉下來；到了高雄碼頭，一通電報照樣讓你入不了境。不信，你試試看！」

組長所言不虛，對戰地政務體制下的單行法我太瞭解了，島民的自由完全操控在軍方高層的手中。司令官的一言半語，政戰主任兼政委會秘書長的一句話，都視同命令，誰膽敢反抗不服從！

「並非組長有意責怪你，」他的怒氣似乎減溫了不少，「你們兩人都是主任最賞識的好青年，林玲在那個複雜的環境工作，她依然懂得潔身自愛，從沒為長官增添任何的麻煩。今天你的行為雖然有點差池，但只要知錯能改，不再和那個女人糾纏不清，提起精神好好工作，組長又有什麼理由來責罵你。如果你非辭職不可，我也不會阻擋你，想幹你這個職位的人多得是！但我還是老話一句，凡事要三思，先回家和父母親商量商量，不要自以為是。你要知道，和一個受到爭議的女人私奔，讓全金門的人來談論、來看熱鬧，並非是一件光榮的事！」

辭呈沒著落又被組長訓了一頓，我的情緒簡直惡劣到了極點。原以為他會沒意見地蓋章往上呈，而今，他這一關已難過，辭職的事勢必要延宕一段時間，這是我不願意見到的，但又能奈何？唯一的希望是取得父母親的諒解，由林玲親自向組長報告，如此一來，我和小美人到台灣的目的即可達成。然而，可能嗎？自從和小美人的事件曝光後，父母親對我不諒解已經形成，想得到他們的同意，絕對是不可能的。誠實乖巧的林玲，也不會替我做偽證，向組長謊稱父母已同意我辭職。

林玲親眼目睹我挨罵的窘態，回到辦公室後她不好意思地看著我，似乎也很同情我的處境。但我始終不明白，他們為什麼喜歡拿她跟小美人比較，俗語不是說，人比人氣死人嗎？我知道林玲無論內在或外表都勝過小美人，假如以此來論斷，這個世界畢竟只有一個林玲，追求她的人一籮筐，她能接受所有男人的愛嗎？那是不可能的。而其他男人必須退而求其次，去愛別的女人。因此，我愛小美人並沒有錯，即使有錯，也錯在她的父母，不該為她指腹為婚；錯在她的姑姑，生了一個傻瓜兒子。如果不是這樣，小美人就可以順理成章嫁給她表哥，我與林玲也可能結成連理。如此一來，也就不會發生我誘拐人家未婚妻、準備和她私奔的情事，把這個純樸的島嶼，搞得烏煙瘴氣。

「明天要回家嗎？」林玲低聲地問我。

「廢話，」我不悅地說：「不回家，還有什麼地方可去的！」

「我還以為你要去找小美人呢！」她故意說，而後低聲地問：「我們是到田裡拔草、還是挖地瓜？」

「挑水肥，」我依然沒給她好臉色，故意激她「妳挑得動嗎？」

「笑話，」她收起了笑容，氣憤地指著我說：「挑不動跟你同姓！」

我看看她，看她生氣時的俏模樣，的確有點不捨。仔細地想想，她並沒有貪圖我什麼，我怎麼能以這種態度來對待她呢。為了替自己找下台階，我從辦公桌下拿出一罐朋友剛送的咖啡。

「這罐咖啡妳帶回去泡。」我遞給她說。

「你留著。」她深情地看我一眼，客氣地並沒有伸手來拿。

「妳什麼都好，就是不乾脆。」我再次地遞給她，而後揮揮手說：「這裡沒事了，妳回去吧！」

眼看她的背影消失在我的眼簾，心中卻有滿懷的感慨，我為什麼放著一個對我百依百順的女子不愛，而去淌小美人那池混水。如果我們有緣在一起，除了能博得父母的歡心和喜悅外，更能得到親朋好友與長官同僚的祝福和認同，我何樂而不為啊！難道我是這個現實社會裡的大白癡，分辨不出人世間的善與惡以及美與醜，甘心被世人恥笑和譏諷！

然而，在小美人柔情的懷抱裡，在她激情的熱吻下，我隨即俯首稱臣。林玲沒說錯，一旦和小美人在一起時，就會忘掉自己的名和姓，追求的是庸俗的感官享受，冀求的是男女間的肢體碰觸，而不是真正的愛情，總以為男女相處在一起就叫愛情，並不懂得它真正的意涵是什麼，這是多麼可悲的一件事。

次日，林玲又跟我回家了。她的確很懂得一些人情世故，每次回家，除了會到市場買點菜外，也會順便為父親帶條香煙。儘管誠樸的鄉下人並非貪圖小利，但兩老看到這個小女子那麼懂事，喜悅的形色不言可喻，對她的招呼也就倍加地親切。

「看妳每次都帶那麼多東西來，讓妳破費不少，真是不好意思。」母親牽著她的手，由衷地說。

「伯母，一點小意思，您千萬別客氣，況且，我吃的比你們多。」她興奮地說：「每次回到鄉下，跟著陳大哥到山上走動走動，精神感到相當愉快，飯量也特別大。」她把手臂一彎，「伯母，您看看，我不僅胖了，也結實了。」

「妳看看，」母親仔細地打量著，「讓妳這位千金小姐跟著上山下田去受苦，我實在不忍心啊！」

「伯母，我跟一般鄉下女孩沒有兩樣，別人能做的我也能。」她信心滿滿地說。

「多麼懂事的好孩子，」母親輕撫她的髮際，「將來誰能娶到妳，那真是祖上有德，上輩子修來的福份啊。」

「伯母，您過獎了，」她謙虛地，「我只是一個普通女孩啦！」

母親拍拍她的肩，難掩內心的喜悅，卻不屑地看了我一眼。我深知她對我的行為極端地不滿，我也沒有把小美人帶來拜望他們的勇氣，就讓林玲獨自在他們心目中，留下一個美好的印象吧。況且，小美人在已讓他們留下一個惡劣的影像，倘若往後再如何地賢慧和孝順，也不能改變二位老人家根深蒂固的想法，這似乎也是我引以為憂的。

我挑著二個專門盛裝水肥的木桶，也是我們俗稱的「粗桶」，把林玲帶到村郊的露天廁所，除了有點故意外，也要考驗她「挑不動跟你同姓」的重話。坦白說，二桶水肥少說也有五六十斤，加上山路難行，男人挑來都感到有點吃力，遑論是一個嬌滴滴的千金大小姐。

來到糞坑旁，她已承受不了水肥的臭滋味，用手帕把鼻子摀得緊緊的。

「把摀住鼻子的手放下。」我故意說。

她皺了一下鼻子，不敢講話，面向右邊，不敢面對糞坑裡的水肥。

我用舊鐵桶改裝成的瓢子，盛好二桶九分滿的水肥放在糞坑邊沿，順便在附近一株低矮的古榕樹上，折下二段連葉的小樹枝，擺放在水肥的上面，以免挑起時晃動，讓水肥溢出桶外，然後把扁擔穿過木桶頂端的麻繩。

「來，過來挑挑看。」

「你先挑到路旁，」她膽怯地，「萬一不小心掉進糞坑，那就糟了。」

「有什麼好糟的，大不了做一個臭人。」我笑著說。

「你才是臭人啦！」她不甘示弱地。

我俯下身，蹲了一個馬步，吃力地把二桶水肥挑起，然後放在路旁。

「來，輪到妳了。」

她學著我俯下身、蹲馬步，當扁擔橫在她的肩上時，雖然用盡力氣，卻始終沒有辦法把二桶水肥挑起來。惟恐她不小心把水肥打翻了，我趕緊走過去。

「算了、算了，還是我來。」我握住她肩上的扁擔，讓她站起來。

「是你不讓我挑的哦。」她故做失望狀。

「妳別逞強好不好？」我好氣又好笑，「妳儘管放心，我不會要妳跟我同姓。但如果有一天，妳嫁給姓陳的又不一樣了。」

「為什麼會不一樣？」她迷惑不解地看著我。

「因為妳必須冠夫姓，到時就是陳林玲了。」我說後，哈哈大笑，「這個名字叫起來，還蠻順口的。」

「你的想像力真豐富，」她白了我　眼，「天才兒童！」

「別忘了妳今天還有一個重大的任務。」我說著，同時挑起水肥。

「什麼任務？」她似乎已忘了。

「組長不是要妳來問問我老爸，是否同意我到台灣去嗎？」

「想不到你對小美人，竟是那麼的癡情。」

「它是我此生中第一個戀人，我是很認真的。」

「老實說，這種事我是無權干涉的，」她無奈地，「但有時候也必須接受別人的勸告，凡事不要剛愎自用。從側面上瞭解，多數人都不認同你這種愛法，主任笑說你實在太純潔了，好像沒見過女人似的，竟然想跟人家私奔！」

「他們不知道，小美人實在太可憐了，一旦屈服於命運，去嫁給她那位傻瓜表哥，這輩子的幸福就完蛋了。」

「你還蠻有同情心的嘛，」她有點不屑，「等一下我一定替你向伯父求情，請他成全你們，好讓你們有情人終成眷屬。」她說後，斜著頭，扮著鬼臉，「這樣你高興了嗎？」

「是妳自願的，如果挨罵可不關我的事。」我推卸著。

步上一個小山頭，我已有些氣喘，肩頭也有點痠，不得不把肩挑的水肥放下，站在路旁的木麻黃樹下休息。

「挑不動跟你同姓！」我趁機消遣她，「老實告訴妳，以後少自告奮勇。沒錢、沒學問、沒力氣都是假不了的。」

「只有你才敢叫我來挑水肥，」她不甘示弱，「我跟你上山下田，伯母都很心疼啦，一旦讓她知道你要我挑水肥，絕對會多罵你二句。」

「我是在考驗妳，」我存心和她開玩笑，「如果妳林玲真的挑得動這擔水肥，我馬上把妳娶回家，讓妳達成回歸田園的美夢。」

「司馬昭之心，路人皆知，少跟我來這一套。」她瞪了我一眼，「我不是小美人，不需要你的同情、也不需要你的安慰。幸福這條路我會自己去開拓，田裡的雜草我會自己去拔除；芋頭葉上的青蟲我會用腳把它踩死，糞土我會協助伯父把它推上山；地瓜我已學會挖，粘在手上的乳汁我也知道怎麼洗。大哥您就省省力氣、好好保重，儘管和小美人遠走高飛吧，別替本姑娘操心了！」

「妳的說詞，還真有點數來寶的味道，」我挖苦她說：「回武揚後一定要建議隊長，別讓妳唱歌跳舞了，就讓妳穿上長袍馬褂，手拿竹板，隨便胡扯一番，既輕鬆又愉快。」

「果真這樣的話，」她頓了一下，趁我不注意時，伸出手，「我就拿竹板敲你的頭！」

我來不及閃，她真的敲下來。

「對不起，」她趕緊撫撫我的頭，不好意思地問：「會不會痛？」

「不痛，才怪！」我故作痛苦狀。

「對不起，」她又一次地說抱歉，「我不是故意的。」

「明明是故意的，還強辯！」我想逗她。

「對不起啦……。」她竟然紅了眼眶。

「妳要笑死人是不是，」我趕緊拉起她的手，笑著說：「跟妳開玩笑啦，可別像孩子似的，真的掉眼淚。」

她突然抱住我的腰，像小鳥依人般地把身體斜靠在我胸前，我聞到的是異於小美人身上的化粧品香，而是一股淡淡的少女幽香，我感受到她高聳的胸部、隨著呼吸不停地在我胸前起伏、跳動。她的手輕輕地在我腰間揉捏著，讓我怦然心動。

此時如果是小美人的話，難免會有一段激情的演出，然而，現在斜依在我胸前的，卻是我心中最清純的女子。我們的感情像兄妹、像朋友，更像一對令人羨慕的情人。但是，我的初吻已經給了小美人，我的手第一次觸摸到女性光滑柔美肌膚的是小美人，引燃我青春熾熱的情慾之火焰者也是小美人。而此刻，面對身旁的俏佳人，我不能對她有任何不恥的行為和舉動，只能輕輕地拍拍她的肩膀，只能輕輕地撫撫她烏黑光澤又細柔的髮絲，不能有任何越軌的行為。除非我與小美人情已斷、義已絕，而林玲又不記前嫌地願意和我在一起，我們才能更進一步地燃起生命中那團熾熱的火焰，讓它盡情地在這片歷經戰火蹂躪過的土地上燃燒，即使變成灰燼也甘心。

「好啦，」我輕輕地推開她，「等一下讓路人看見不笑死才怪。」

「你與小美人摟抱擁吻就不怕別人看見，就不怕別人笑，」她抬起頭，以一對水汪汪的眼睛凝視著我，「我輕輕地靠近你，就會讓別人笑死？」

「我是怕我這個充滿著罪惡的身軀，污衊妳純潔的心靈。」我據實說。

「真是這樣想嗎？」她疑惑地問。

「對妳，我從不隱瞞。」我坦誠地說：「妳仔細地想想，我們相識相知那麼多年了，我們的感情簡直超越在友情和愛情之上。在武揚，我們像朋友也像情人；在鄉下，更如同一對情如手足的好兄妹。當我和小美人的事在這個島上鬧得滿城風雨時，長官也經常把我們扯在一起，我的父母也拿妳做為我擇偶的指標，讓妳承受不該承受的壓力，但妳並沒有怨言，也未曾計較什麼，甚至有時候還必須遭受我的奚落。林玲，我曾經在夜深人靜之時自我檢討和反省過，無論基於友情愛情或親情，我虧欠妳太多了，目前身處在這種情景下，的確找不出任何一種較實際的東西來彌補妳，但我會永遠記在心頭。」

「我不想和你討論這些問題，也不曾阻止你與小美人之間的愛。坦白說，我很珍惜我們相處時的每一段時光，我心裡一直有一種感覺和體認，凡事必須靠緣分、不能強求。不過我內心好像早有預感，落腳在這個島嶼的夢想似乎不會落空，它也是支撐我們的感情不會中斷的主要原因。當然，這份感情爾後能幻化成什麼情緣我並不知道，屆時，相信老天會向我們公佈答案的。」

「妳真的有那麼大的信心？妳真的不會對這座島嶼失望？」

「希望永遠留給不懂得計較和堅持到最後的人。」她信心滿滿地說。

「林玲，我同意妳的觀點，」我仰頭對著蒼穹，「凡事都有變化的可能，對未來不能沒有信心。」

「陳大哥，有你的鼓勵，我現在一定能把這擔水肥挑起來。」她說後，又一次地想試挑。

「對不起，林玲，有時候我是故意激妳的，像這種粗重的工作，幾乎都是由年輕力壯的男人來做，如果妳真的挑得動，我也捨不得讓妳來挑。」

「好了，我們繼續上路吧，」她興奮地笑著，「不要愈說愈多，待一會讓我太感動的話，今晚就不想走啦。」

「這樣最好，我們就留在這個小山頭，聊天看星星。」

「別裝浪漫了，我又不是小美人，有什麼好聊的。」

「其實我和小美人聊得並不多，每次見面談不上幾句話，我們就會繾綣纏綿在一起……。」

「還講，」她打斷我的話，白了我一眼，輕視地說：「厚臉皮！」

「我知道妳林玲有很大的包容心，才敢在妳面前胡說八道，如果換成別的女孩，早就和我絕交了，還會上我家來。」

「人與人之間的相處，有時確實讓人感到不可思議；不知是我前生欠你的，還是你欠我的，竟能和睦地相處那麼久，說來真有點玄。」

「要不是小美人，說不定我們會結成夫妻，那就玄上加玄了。」

「你又想到那裡去了，真是厚臉皮！」

「好了，不說啦，一切聽天由命！」我說後，彎下腰，挑起水肥就走。

來到預備施肥的空田裡，我告訴林玲說：

「我爸在對面的蕃薯田，妳去幫忙挖點地瓜，待我把水肥潑灑好後，利用空桶順便帶回家。」

「水肥桶臭得要死，怎麼能裝地瓜？」她皺皺鼻子，不解地問。

「真笨，我不會先到池塘先乾淨。」我看了她一眼，卻也不忘提醒她，「要順便探探我爸的口氣，知道嗎？」

「放心好了，我不會破壞你們的。如果你們真能締結鴛盟，以後我絕對會遊說二老，到台灣探視你們。」她笑著，而後快速地跑開。

我潑灑好水肥，把空桶挑到附近的池塘，順手拔了一把水草當刷子，澈底地把它清洗一番。然而，再怎麼清洗，也清除不掉水肥侵入木桶、所衍生出來的那份怪味道。或許，只有農家子弟，才能品出這份親切的氣味，以及它對農作物的重要性。

抬頭看看蕃薯田裡的父親和林玲，她能博取老人家的歡心不是沒有理由的，而我卻偏偏為他們製造困擾，如果我與小美人私奔成功、遠赴台灣，他們一生的清譽將受到嚴重的傷害，陳家出了一個誘拐人家未婚妻的不肖子弟，教他們在這個小島上怎麼做人。雖然我曾想過這一點，但實在是禁不起小美人給我的愛和溫存。儘管小美人有的，也同樣可以在林玲身上獲得，然她在我心中的地位，則是神聖不可欺的，除了牽過她的手外，其他的行為我始終不敢逾越。

在回家的路上，我迫不及待地問林玲：

「妳向我爸提起我到台灣的事沒有？他怎麼說？」

「伯父對這件事依然耿耿於懷，他說陳家的名聲幾乎快讓你破壞殆盡了，死也不同意讓你跟人家私奔。」

「妳怎麼老是愛把私奔這兩個難聽的字眼放在嘴上，」我埋怨她說：「女人暗地跟情人逃走才叫私奔，我是準備光明正大地走，那不叫私奔，知道嗎？」

「我是據實相告，別冤枉人好不好！」她有點不悅，「女人跟情人逃走叫私奔，那我請問你，男人沒有經過家長的同意，暗中私自跟女人逃走叫什麼？」

我一時答不上話。

「不叫私奔，難道要叫私跑？」

「廢話，」我感到好笑，「奔與跑又有什麼兩樣，妳就不能說到台灣謀生。」

「你在這個島上有家、有田地、有一份安定的工作，還要到人生地不熟的地方找工作來維持生活？」她不屑地，「你這種解釋法，難道不會太牽強？尤其這件事，從頭到尾都是小美人一手在主導，她是主動者，你是被動者。因此，我們可以斷定，你是跟人家私跑，而不是人家跟你私奔。」

「小鬼，」我伸手想敲她，「老是喜歡搬出一大堆理論來和大哥抬槓！」

「老實告訴你哦，」她斜著頭，正經地說：「伯父說了重話，如果你膽敢離開金門一步，他就跟你脫離父子關係。」

「我爸真的這麼說？」我有點驚訝。

「我幾時騙過你。」

「妳就不會替我美言幾句，開導開導他。」

「好話替你說盡了，仍然不為所動。」

「老頑固，」我嘆了一口氣，「真是好事多磨啊，回去不知怎麼對組長說，看樣子只有私跑了。」

「假如真的不顧後果，一味地想跟小美人走，必須等長官批准、辦好移交。不要忘了，來的光明正大，走得光明磊落，才是為人的基本原則。」她善意地開導我說。

「要是長官遲遲不批准呢？」我有些憂慮。

「不要忘了組長提出的警告。」她提醒我說：「其實你可以讓小美人先走，等長官批准你的辭呈後，再到台灣跟她會合。」

「我實在不放心讓她一個人先走。」

「該講的我都講了，該做的我也做了，如果你還是頑固不化，不要怪我身懷私心、沒提醒你。」

「對妳林玲，我沒話說。」我有些感慨，「我知道妳只會幫我、提醒我、開導我，而不會害我，這也是我相當珍惜我們這段情誼的原由。」

「夠了、夠了，這些話我聽多了，」她淡淡地笑笑，「以後少說這些，只要記在心頭就好。如果因為小美人而把它忘了，我也沒怨言。其實人，有時候必須明瞭自作自受這句庸俗的話，萬一和自己所思、所想、所做的有落差，心裡才會坦然。」

「妳的心思確實較細膩，有時我感到自己很幼稚，凡事都不如妳……。」我沒說完。

「不，不是這樣的。」她搶著說：「應該這麼說：在公務處理上，你受到的肯定，幾乎沒幾人能跟你比；但在感情的體認上，彷彿只是一個小學生。當然，這似乎也不能怪你，因為小美人是你第一個戀人，也是你平生第一次談戀愛，從她身上嚐到許多未曾嚐過的甜頭，難免會沉迷於她的美色而不能自持。雖然由此能看出你的純潔，卻也發現到你根本不是小美人的對手，因為她在這方面比你成熟、老練多了。在她柔情的懷裡，你只不過是一個不懂事的小弟弟罷了。」

「林玲，妳沒有說錯，我也沒有錯看妳，」我竟然放下肩挑的水肥桶，興奮地拉起她的手，「妳句句切中我的要害，真是我的知音啊！」說後，情不自禁地在她頰上親了一下。

她瞪了我一眼，用手摸摸臉，一朵紅色的玫瑰隨即綻放在她嬌艷的面龐。

「對不起。」我發覺自己失態，趕緊向她道歉。

「我的臉頰、那會有小美人香……。」她含情脈脈地凝視著我，話中卻隱含著一絲酸意。

我傻傻地看著她，看她那對閃爍著無限光芒的眼眸，看她端莊婉約的姿態，看她青春俏麗又嬌羞的面龐。林玲，如果沒有和小美人肌膚上的碰觸，如果不必對感情負責，如果能不跟她走，妳將是我此生的最愛，我心裡如此地想著、吶喊著……。

第十八章

我依然按時上下班，卻沒有勇氣詢問組長是否准許我辭職的事。

小美人三番二次地催促，讓我感受到前所未有的精神壓力，原來愛人是那麼的痛苦，早知如此的話，或許，我會選擇逃避，將來就憑媒妁之言來決定我的婚姻大事，何必傷那麼大的腦筋，替自已和別人製造困擾，讓許多好管閒事的人議論紛紛、等著看笑話。

「我沒有那麼多時間和你耗下去，」小美人警告我說：「坦白告訴你，每一個步驟我都是暗中在進行，萬一被姑姑知道，她絕對會運用各種關係出來阻擋，到時想走、插翅也難飛。」

「辭呈還卡在組長那裡。」我據實說。

「為了我們的愛和幸福，難道就不能跟他攤牌！」她急促地說。

「我能這麼做嗎？」

「除非你不愛我，除非你不想跟我走，要不，為什麼不可以！」

「組長已撂下重話……。」

「什麼重話？」

「別忘了我們身處在戒嚴軍管地區，高官的一句話就是命令，有些事不能不和他們做理性的溝通，倘若硬要和他們唱反調，吃虧的還是我們平民百姓。」我簡單地提醒她，不想把組長的警告向她做詳細的闡述。

「你害怕了是不是？」她有些不悅，「如果不願意跟我走、就明說，別拿那些無聊的言詞做藉口，搬出大官的帽子來壓人，誰不知道你心中還有一個林玲！」

「如果我害怕的話，還會不避諱島上那些風言風語？還會不惜和家人翻臉？還會接受社會那片無情的撻伐和長官的指責！」我氣憤地，「跟妳走，是為了我們的愛和幸福、以及替自己投入的感情負責，怎麼能把林玲扯進去！」

「你明明知道我們相愛，為什麼不離她遠一點？為什麼經常把她帶回家？為什麼可以牽著她的手？為什麼可以對她那麼好？難道你真不懂瓜田李下這句話嗎？」

「因為我們心中很坦然，沒有什麼見不得人的事，所以不必避嫌。」我辯解著說。

「真是這樣嗎？」她似乎不相信，「可別想腳踏兩條船，我楊紅紅是沒有這個度量的。」

「我有這個本事嗎？」我反問她，「妳的聯想力未免太豐富了。」

「不是聯想力，是觀察力！」她冷冷地笑笑，「為了我們的事，你可知道有多少人來找過我？我不想瞞你，他們不是來勸我離開你，就是來替林玲說項。」

「是我教他們去找妳的嗎？」

「不管是不是，只想讓你知道、我承受的壓力有多重。」

「我們同在一條船上，處境沒有兩樣。」

「既然是這樣，我們應該快一點走啊，快一點離開這個地方啊，還有什麼好猶豫的。」

「如果長官不批准我的辭呈，我就沒有辦法辦理移交，一旦擅離職守，那是要接受軍法制裁的，難道妳連這個簡單的道理都不懂！」

「我不懂，你懂！」她咬牙切齒地，「我放著那麼多人不愛，為什麼偏偏愛上你這個膽小鬼！」

「我知道妳長得美，追求妳的人一羅筐，算我高攀好不好！」我激憤地說。

「你不要激我，再美也沒有林玲的美。在許多人眼中，我楊紅紅始終是一個不正經的三八女人，而你卻是一個中規中矩、前途無可限量的優秀青年，是我高攀你了！外面的人都說是我誘拐你，是我用甜言蜜語迷惑你，企圖要毀掉你的前程，而是不是如此，相信你的心裡最明白。」她頓了一下，又說：「或許是我的穿著和妝扮與島上一般婦女有所不同，讓人家以一對有色的眼光來看我、來檢視我。相信你知道，我楊紅紅並不是一個隨隨便便的女人，我把初吻給予你，也從未阻止你任何不軌的舉動，我曾經想把我的處女身軀獻給你，但你卻沒膽量、沒勇氣來接受。你摸摸自己的良心看看，我還有那一點對不起你！」她說著說著竟放聲地哭了起來。

我一時找不到一句可以安慰她的話。

「陳大哥，」她含淚地抱緊我，哽咽著說：「我沒有責怪你的意思，事已到了臨頭，不走就遲了，你應該快一點做決定，我會給你幸福的，我也願意承受任何加諸於我們身上的罪名，請你相信我。」

「我們走、我們走，我們這個航次就走！」我情緒失控地說：「不管長官批不批准，不管會不會被判軍法；我們走、我們走，我們這個航次就走，走得遠遠的，去追求我們的幸福！」

「你沒有騙我？」她仰起頭，疑惑地看著我。

「我沒有騙妳、我沒有騙妳，」我依然失控地，「誘拐人家未婚妻的罪名就由我來承擔，金防部要判我的徒刑也在所不惜；我們走、我們走，我們這個航次就走，到台灣去尋找我們的美夢、過快樂的時光！其他的一概不管！其他的一概不管！」我說後，緊緊地抱住她，猛力地吻著她，一遍又一遍、一遍又一遍，而後把她壓倒在草地上，解開她的鈕釦，粗魯地撫摸她身上的每一個部位。

她沒有反抗、沒有拒絕，反而抱住我的頭，狂吻著我的唇、我的眼、我的耳，還有我的脖子，也同時點燃我體內熾熱的慾火。我此時此刻可以輕易地脫下她的褻衣，和她纏綿在一起，以此來發洩這段時間所承受的精神壓力和心理上的負荷，更可以滿足彼此間的性需求。然而，我能這樣做嗎？無恥似乎比膽小更可怕，我的人格勢必蕩然無存，在這個荒郊野地倘若有這種親密的行為，絕不是純粹的愛情，而是獸性的發作，也是人性最醜陋的一面。我寧願做一個膽小鬼，卻不能成為一個無恥之徒。

她輕撫我的臉、我的頭，我卻輕輕地舔著她腮旁鹹鹹的淚水，彼此無言的沉默著，而此時是否無聲勝有聲，還是心中各有所思。久久，終於她說：

「現在我想通了，」她在我耳旁，低聲地說：「如果你真有困難，不能跟我一起走，我絕對不會怪你、也不會為難你。」

「說走就走，」我仍然激動地，「明天一上班，我就找組長說去，無論如何，這個航次一定走！」

「既然你已下定決心，我就請人幫忙排船位，」她淡淡地說，似乎並沒有太大的喜悅，「記住，我們不能張揚，也不能同時上船，必須分散有心人士的注意力，以免衍生更大的困擾。到時候，我會把報到和上船的正確時間打電話告訴你，你必須控制好，千萬不能提前也不能遲到，行李越簡單越好。」她想了一下，又說：「這段時間我們最好不要再碰面，明天和組長溝通時要冷靜、有禮，不能衝動，更不能辜負他提拔和照顧你的一番苦心。林玲是一個好女孩，看到你走一定會很傷心，不要忘了要好好安慰她，畢竟彼此是多年的同事，你們的情誼也不在話下，不管是友情或愛情，都會受到祝福的。」

我不明白她說這些話的用意是什麼，剛才要我跟組長攤牌，現在要我冷靜有禮不能衝動；剛才要我離林玲遠一點，現在要我好好安慰她。女人竟然是那麼的善變，我感到有些費解和不可思議。

「我們回去吧。」她快速地站起身，拍拍臀部的灰塵，冷冷地說。

「不是剛來嗎，怎麼急著回去？」我不解地問，以往幾乎都要聊到快宵禁才起身。

「該談的、我們都談了，以後想談的機會多得是。」她目視著前方，沒有任何的表情，低聲地說。

「早點回去也好，」我們同時移動著腳步，「有些業務必須先把它整理出來，以免到了要辦理移交的時候手忙腳亂。」

「記住，」她再一次地叮嚀著，「明天向組長報告時，要多聽聽他的意見，我也會打電話跟他溝通。至於林玲那邊，我將設法和她見面、向她說明白，以免造成更大的誤解。」

「我的事我自己來處理，何必多此一舉。」

她沒有理會我，也沒有像以往親密地挽著我的手臂，面對前方高低不平的泥土路，默默無語地走著、走著；是走向幸福的那一端，還是已到了它的盡頭，我的內心感到無限的迷惘和惆悵……。

次日，組長忙於接待歸國學人，找不到適當的機會向他報告。我暗中把自己經管的業務以及未處理的公文做了一番整理，以便屆時辦理移交手續。一旦長官批准、排好船位，我就提著簡單行李跟小美人一起走。至於父母親方面，到了台灣再寫信向他們稟告和解釋，祈求他們的諒解。

林玲是較好溝通的，況且，我們從始至終，都建立在相互關懷和照顧上，最多只是牽牽手，並沒有和小美人一樣，有諸多激情的演出，因此，不必背負一身感情的債。然而，經常在夜深人靜時，我曾經反覆思考過，如果沒有和小美人纏綣纏綿在一起，必須對這段感情負責的話，林玲則是我此生不二的選擇。

她美麗、乖巧又善良，深獲長官的賞識和父母的喜愛。我也深信，她對我的那番情意，絕對不是單純的友情，甚至敢於肯定，愛情的因素勝過友情。而我為什麼不敢碰觸她，只因為我不是一個玩世不恭的青年人，也沒有腳踏兩條船的本事，凡事必須對得起自己的良心，不能貪圖一時的歡樂，而傷害一個女孩子的自尊心。這似乎也是我尊重她、不敢碰觸她的主要原因。當然也因為這樣，讓她對我沒戒心，促使我們的情誼更穩固。

眼看船期快到了，不找機會向組長報告也不行，那晚我一直在辦公室守候，終於組長進來了。

「怎麼，還在加班？」他關心地問。

「有一點事想向組長報告。」我有點膽怯。

「什麼事，是不是關於辭職的事？」他邊走邊說，似乎已有先見之明，「到我辦公室來說。」

走進組長辦公室，我已有挨罵的心理準備，如果挨罵後准許我辭職，讓我能跟小美人到台灣去，我也甘心接受。然而，卻出乎我意料之外，他並沒有像往日疾言厲色地指責我，展現出一位長者的風範。

「你辭職的事跟你父母親商量好了嗎？」他臉上流露出一絲慈祥的微笑，沒有先前的嚴肅。

我尷尬地笑笑，的確是被他問住了。

「男大當婚、女大當嫁，原本是一件很正常的事，」他搖搖頭，不疾不徐地說：「組長曾經年輕過，也是過來人。想當年，我曾經追求過公路局金馬號一位車掌小姐，她的氣質和美貌不在話下，但卻是一個有婚約在身的養女。那時，因為是我第一次戀愛，簡直被她迷得暈頭轉向，經常不假外出，延宕公務，按理應該移送法辦，但長官還是寬容我一時的失檢，僅口頭警告而已。後來那位小姐禁不起養父母逼迫她與養兄成婚的要求，要我盡快地帶她走，同去開創幸福的家園。然而，天涯茫茫，加上現實環境使然，我能帶她到什麼地方去？儘管我們相愛，也共同立下海誓山盟的諾言，但終究還是要面對現實，分離了事。」

他燃起一根香煙，繼續說：「你現在的處境和我當年有點類似，儘管我獨身在台，沒有家的束縛，但我是軍人，必須遵守軍紀，服從命令，加上一路關懷、照顧和提拔我的長官，我不能獨斷獨行來增加他們的困擾，因此，不得不向現實環境低頭。事後認真檢討，卻也發現到，凡事除了替自己想外，也必須替別人想，這是做人的基本原則，也是我和那位小姐分離的主因。而今天，你在這個小島上，有父母，有一個幸福美滿的家庭，有關心你的親朋好友，有一份安定的工作，有賞識你的長官，但你卻不顧這些人的顏面和勸說，獨斷獨行，一味地想跟著一個遭受爭議的女人，離開這塊生你育你的土地，遠走他鄉。坦白告訴你，人不自私天誅地滅，社會上很多人都是如此的，往往為了自身的利益而不顧別人的後果，不僅把她所愛的人拖下水，也平白地斷送人家的前途，這種愛不僅可怕也不足取。我現在只是做一個比喻，並非針對楊小姐。同時，你也要知道，台灣是一個現實的社會，一切並非像楊小姐打的如意算盤，當你們踏上那塊土地時，也是苦難的開始，即使你不怕苦，也會夠你受的。楊小姐的處境我們很同情，倘若她不走，必須把一生的幸福斷送在她表哥的手中，一旦你跟她走，所有的罪名都會嫁禍在你身上，你們陳家的清名，一輩子都會遭受非議，這是你事先沒有想過的問題。」

組長吸了一口煙，彈了一下煙灰，又說：「昨天我已經把你準備辭職的事向主任報告過，主任是不認同你這種做法的。他提拔、關懷你的那片苦心，相信你心裡很清楚。今天如果換成別人，早就要他走路了，絕對不會花費那麼大的心神來開導、來勸告他。主任的意思是給你十天假，讓你先陪楊小姐到台灣看看，如果那裡的環境適合你留下，馬上准你辭職；假若不適合，就趕快回來好好工作，這是長官特別通融，也是兩全其美的辦法。倘使你今天不顧長官的情面和道義執意要走，到時走得了、走不了，還是一個未知數，希望你考慮清楚。」

聽完組長的訓示後，我深切地瞭解長官關懷我的那份心意，主任設想之週到讓我佩服和羞愧，我實在沒有不接受的理由。但是小美人會同意我這樣做嗎？如果和長官攤牌，反而會把事情搞砸，不如接受十天假期，先走再說。況且，腳長在我腿上，到時若不回來，他們又能奈何，只要我不捲款潛逃，所有的公文都放在鐵櫃裡和檔案室，到時來承接我業務的人，依然可以照辦不誤，我打從內心裡發出一絲喜悅的微笑。

向組長承諾過後，我必須盡快地把這個消息告訴小美人，我們是走定了，而且暫時對父母也有了交代，更不會有上船被拉下來，或到了台灣不能入境的窘境，事情發展到這種地步，確實是我料想不到的。

走出組長辦公室，我興奮地看了一下腕錶，距離宵禁時間還早，我應該就近先把這個消息告訴林玲，於是我打電話約她在武揚池塘旁見面。

「怎麼啦，」一見面她就埋怨著說：「有什麼大不了的事非要今晚說不可？」

我把組長說的話向她敘述了一遍。

「組長真的這麼說？」她有點懷疑。

「我什麼時候騙過妳？」

「這的確是一個兩全其美的辦法，」她想了想，「別辜負長官的一番美意。」

「我會記住的。」

「你告訴過小美人了嗎？」

「還沒有。」

「決定什麼時候走？」

「或許是這個航次吧，」我看看她，「小美人姑姑逼得緊，已到了不走不行的地步了。」

「不要忘了你現在的角色，」她提醒我說：「一旦到了台灣，你必須運用父母賜予你的智慧做判斷，縱然那個地方適合你留下，你也必須先回來辦理移交手續，並向伯父母稟告一切，千萬不能有一走了之的心態。坦白說，我在台灣出生長大受教育，對於它的社會背景和生活形態，瞭解的程度絕對比你更深入。但現在，任憑我說爛唇舌，你還是會聽不進去的；因為你只顧及小美人，並沒有考慮到自身的後果，或許必須等你親歷其境後，才能體會到我的心意。」

「我能理解妳關懷我的那份苦心，更珍惜我們在這個深山幽谷裡所孕育出來的感情，不管它是親情友情或愛情，林玲，我都會全然地銘記在心頭。對台灣那個笑貧不笑娼的社會形態，我亦有所耳聞。我之於決定和小美人到台灣，並非去享受榮華富貴，而是替這段感情負責。妳是知道的，我不是一個見異思遷之徒，除非小美人負心於我，要不，我沒有怯步的理由。明明知道會遭受到這塊土地和它的子民的唾棄，但卻也有身不由己之感。有時想想，真不該認識小美人，更不該談這場戀愛，現在彷彿成了一隻人人喊打的落水狗。要是當初她不嫌棄杜主任年紀大那就太好了，由一位身經百戰的大官把她帶走，也就不會有所爭議，小美人的姑姑只能眼巴巴地看著她跟人家走，其他又能奈何。」

「我非常認同你對感情負責任的表現，如果小美人沒有婚約在身那就太好太完美了，在愛情這條路上，你也不會走得那麼辛苦，更會受到許多人的祝福。但依目前的情況而言，除非你不離開這塊土地，不然的話，你受到的傷害絕對遠勝於小美人。」

「這點我清楚。」我黯然地說。

「事情會不會有什麼變化或轉圜呢？」她關心地問。

「世事雖然難料，但跟著她走似乎已成定局，沒有轉圜的餘地了。」

「聽說主任和組長曾經去找過她，不知談些什麼？」

「可能去勸她別拖累著我吧，」我淡淡地，「老實說，我非常感激長官用心良苦，但以小美人倔強的個性，她是不會輕易地接受的。」

「那也不一定，小美人是一個聰明人，當她承受過多的壓力時，必然會有所領悟。人一旦悟出真理，就會識時務、顧大局，為別人設想，不會一意孤行。」

「林玲，說良心話，如果能重新來過，我寧願永遠陪著妳，在這個深山幽谷或回到鄉下，過我們快樂的時光，絕對不會去淌小美人那池混水的。」

「你不覺得晚了嗎？」她淡淡地笑笑，「人都有一個通病，擺在面前的、或容易得到的，往往不懂得珍惜，一旦失去了，才知道它的可貴。我只是做一個簡單的比喻，並非針對你，請不要誤解。」

「我捨不得離開妳。」我突然地拉起她的手，緊緊地握住，她並沒有拒絕。

「你為了小美人想離開這個島嶼已成事實，我為了熱愛這片土地想留下來也不容置疑，因此，只要彼此記住曾經擁有過的就好，又有什麼捨得不捨得的。況且，你只是跟著小美人去看看而已，能不能適應那裡的環境還是一個未知數，未來的變化誰也不敢料想。除非你不顧一切，狠心一走了之，但我相信你是不會這麼做的。」

「如果能不走多好。」我喃喃地說。

「你現在怎麼會有這種想法？」她不屑地，「如此反反覆覆地，那像個男人樣？」

「不管是基於那一種情分，林玲，一旦離開妳、離開這塊土地，我們之間所有的情緣勢必都會化為烏有。」我有些感傷，「那是我不能接受、又必須面對的事實。」

「是你的，沒人搶得走；不是你的，強求也沒用。凡事老天爺自有安排。」

「對這個島嶼，妳真的不會感到失望？」我重複這個令人感嘆的話題。

「我非但不會失望，甚至充滿著無比的信心。記得我曾經說過：機會永遠留給不懂得計較和堅持到最後的人。」她捏捏我的手，低聲地說：「如果說我們之間沒有任何感情成份的存在，那未免太假了。但我們都必須記住，人世間有許許多多的事是不能強求的，尤其是男女間感情的事。因此，從我們相識相知到成為一對人人羨慕的知己，我始終以一顆平常心來面對。儘管長官有心撮合我們，伯父母也對我頗有好感，但我還是相信徐志摩大師說過的一段話：在茫茫的人海裡，我只追求心靈唯一的伴侶，得之吾幸，失之吾命。短短的幾句，似乎也道出我內心的感受。」

「倘若上蒼願意賜予妳機會，妳會不記前嫌、不計較一切，願意接受祂的安排嗎？」我有點激動。

「我林玲的度量和胸襟、禁得起歲月的考驗。」她笑笑，「當上蒼有意把機會賜予我時，我會好好地把握住，絕對不會讓它平白地從我的指隙間溜走。當然，我是不會違背良心，刻意地去爭取和營造的，一切順其自然。因為我始終認為，只有自然衍生出來的感情，才是真的、才是美的、才是可貴的！」

「如果機會永遠與妳擦身而過，妳還願意留在這個小島上嗎？」

「你儘管放心，」她睜大雙眼凝視著我，「我熱愛這片土地的心永遠沒有改變，只要伯父母不嫌棄我，我會無怨無悔地回到鄉下陪伴他們。同時，也願意以一顆豁然的心，守候在這個小島上等待；等待夏天過後秋葉落、冬天過後春花開，其他的，你大可不必牽掛。」她說後淡淡地笑笑，「多關心一卜小美人吧，你不是口口聲聲要替自己投下的感情負責嗎？千萬別負心於她，這是為人的基本原則，也是一個男人應有的作為，知道嗎？」

我無語地凝視面前那池清澈的塘水，內心交織著難以言喻的酸楚。我何其有幸，在二十餘年悠悠蕩蕩的青春歲月裡，竟覓得林玲如此的知音。如果時光能倒轉，一切能重新來過，林玲將是我此生不二的選擇，我勢必會以一顆誠摯之心來愛她、呵護她，絕對不會辜負她關懷我的那份心意。但是，能嗎？一切似乎已晚，我必須遵守對小美人的承諾，陪她到台灣勢在必行，往後是酸是苦、是甜是蜜，只好聽天由命，由不得我這個凡人來定奪……。

然而，眼看後天就有船了，小美人卻失去蹤影，讓我遍尋不著。當我再次到她受雇的百貨店時，老闆娘悄悄地告訴我說，小美人回家準備行李，決定這個航次就走，要我在辦公室等她的電話，不能對外張揚，也不能到她家裡找她，以免引起她姑姑的注意，衍生出更多的困擾。

我懷著既興奮又沉重的心情在辦公室等待，也順便把一些待辦的公文，向暫時代理我職務的王少校說明。終於，小美人的電話來了，當我拿起話筒時，她低聲地告訴我說：

「陳大哥，明晚九點報到，十點上船。記住：不能提前也不能遲到，行李越簡單越好，你的出境證和船票我會替你保管，為了掩人耳目，我們必須先找一個較掩蔽的地方，在那裡等候，最後一個才上船。」

當我準備把主任和組長的美意告訴她時，她已掛斷電話。我透過西康總機轉裕民二號再轉她店中時，老闆娘告訴我說，小美人打完電話就出去了。我心裡想，反正明天就可以見面了，一切等上船再說吧。

次日晚上，我依她告訴我的時間，提著簡單的行李，匆匆趕到料羅碼頭時，候船室已空無一人，室內一片冷清，我四處尋找小美人的身影，卻遍尋不著。她明明告訴我九點報到，十點上船，而現在只不過八點五十分，怎麼會空無一人？難道是臨時更改時間？我的心裡充滿著無數的疑問。

我焦急地走出候船室，直往太武輪停靠的岸邊跑，當我跑到管制點，二個荷槍的衛兵擋住我的去路。衛哨亭旁豎立著「請出示港區識別證」的牌子，而我的出入境證和船票則在小美人手中，在軍中服務多年，深知港口的規定，倘若一味地在此耗下去，只有浪費時間，不會得到結果。於是我不加思索地轉身，快速地往港警所奔馳。

抵達港警所，我報上自己的姓名，詢問值班的警察先生。

「請問我的出入境證和船票，是不是有人幫我拿了？」

「你不是不去了嗎？」他看看我，訝異地，「晚上六點左右，聯檢組副組長陪同一位名叫楊紅紅的小姐來，說你臨時有事不到台灣去了，我們已按規定把你的船位取消……。」

「請問楊小姐她人呢？」我百思不解地問。

「所有搭乘太武輪的旅客都上船了，」他看了一下腕錶，「現在艙門可能已經關了，九點以前必須離港。」

「不是九點才開始報到嗎？」我急促地問。

「六點報到，八點上船，九點開船。」他說後打開抽屜，取出一個信封袋，「楊小姐要我把這封信轉交給你，你的出入境證也在裡面。」

我無語地拿著信封，快速地往岸邊跑，卻又一次地被擋在衛哨前，雖然有出入境證，但並沒有船票，同時，太武輪的艙門已關，聯檢組的安檢人員已完成任務、經過衛哨亭，緩緩地走向安管中心。

我神情落寞地取出信箋，藉著衛哨亭旁暗淡的燈光，想看的不是信中的甜言蜜語，而是想知道小美人為什麼要毀約。

在信上，她寫著：

陳大哥：

當你展讀這封信時，或許，太武輪的船艙已關，抑或是已駛離了料羅灣。你的船位是我央求聯檢組副組長帶我去取消的，報到時間也是我故意往後延的，目的是讓你趕不上、走不了。我此時所作所為，也曾經和你的長官取得共識，請你原諒，千萬勿怪罪於任何人。

經過數天慎重思考和內心掙扎，以及你們組長、主任數次和我晤談，我終於做出離開你的最後抉擇。

離開，並不表示不愛你，而是不願拖累你，更不能讓你背負著一個鄉親父老難以接受的罪名。雖然，我們曾經擁有一段快樂的時光，彼此也做著一個多采的美夢，但過去的就讓它如料羅灣退潮的海水，流向大海，沉沒在我們記憶中的最深處。

金門是我永遠不能忘懷的故鄉，它孕育我成長、茁壯，長大後冀望能在這塊土地上找到愛，雖然如我所願，但不幸，上一代的戲言，不僅造成我終生的遺憾，更是我心中揮不掉的夢魘。倘若我們為了愛而能長相守，那絕對是美事一樁，但我卻是傳統下的犧牲者，為了愛必須選擇離開自己的家鄉，為了愛必須遭受世人的嘲笑，難道這就是我的宿命？果真如此的話，我是不甘心的。

雖然你能體恤我的處境，願意陪我遠赴異鄉，尋找我們生命中的春天，然而，我們卻只能像無根的浮萍，在人生地不熟的異鄉流浪漂泊，倘使往後想落葉歸根回到這塊島嶼，依然會遭受鄉親的議論和嘲諷，依然難容於這個民風保守的社會。因此，我不能因自身的幸福，而毀掉你一生的清名，異鄉這條路必須由我踽踽獨行；重回金門，或許將是十年、二十年，甚至三十年後，抑或是更久的時間。

幾次接觸和私下深談，我發覺林玲是一個既漂亮又善解人意的好女孩，你的父母和長官也倍加讚賞。她背井離鄉，獨自置身在藝工隊複雜的環境中，卻能潔身自愛，沒有染上任何不良的惡習，這是非常難得的一件事。從她的言談中，我發覺她對金門這個純樸的島嶼，已衍生出一份難以割捨的情感；甚至，有在此落地生根的打算。她不僅對你心儀已久，也萌生出一份超乎友情的愛戀之意。人，是感情的動物，一旦相處久了，瞭解深了，難免會日久生情，這是自然的律動。或許，你早已體會出，但卻因我的存在而不敢過於親近她，我知道這是你對感情負責任的表現，讓我感到無比的欣喜與驕傲。但希望我走後，你能以愛我之心、關懷我之情，一絲不減地移轉到她身上，我將在異鄉的土地上，獻上永恆的祈禱和祝福。

對你，我只有愛，別無他求，亦無怨言。經過深思，我決定不把台灣的住址告訴你，你也不必費心到處尋找我，就讓我們把相愛之心，化成永恆的思念和祝福吧！

別了，陳大哥，在茫茫的人海裡，我會堅強地活下去。而在最後，我必須坦誠地告訴你，我已和前男友取得聯絡，他承諾不記前嫌，不計較一切，願意和我共組一個幸福美滿的家庭，待安頓妥當後，我也會把家母接來台灣奉養，以盡為人子女之孝道。從此以後，君在山的這一邊，我在海的那一頭，願君多珍攝，不負相思意……。

楊紅紅

看完小美人的信，我落寞的心情，猶如失去伴侶、獨自在天空飛翔的海鳥，孤單無助地望著湛藍的海水出神。

潮水已漲滿了料羅灣，太武輪亦已鳴起啟航的汽笛，船上微弱的燈光，辨識不出是誰的身影。我獨自躑躅在寒風刺骨的岸邊，聆聽浪拍巨岩的濤聲，而那悅耳的聲響，可是小美人聲聲的叮嚀。

汽笛再次鳴起，不一會，太武輪已緩緩地滑出料羅灣的海域，歡樂的時光將隨著它航行在一望無際的大海，而繁星依舊在夜空裡明滅，彷彿是變化無窮的人生歲月；有生、有死，有相聚、有別離；有歡樂、有悲傷。

海水隨著巨浪溢出了防波堤，但隨即又退向海裡，殘留在堤上的是數不盡的白色泡沫，卻又很快地幻化成水影。我佇立在「海曙亭」典雅的鳳簷麟角下，雙眼凝視茫茫的大海，是浪花潤濕了我的眼角，還是心中有滿懷的不捨。舉起顫抖的手，向燈光閃爍處輕揮，不管她是否能感應到，卻是我內心最誠摯的呼聲，在祝福的同時，也揮落了兩行思念的淚水，以及一段難於忘懷的濃情蜜意。

眼前的視線已模糊，舉頭仰望，已不見太武輪雄壯的船影，而濤聲依舊，浪花輕飄，我與小美人那段情，則將隨著海水流向遠方，流向記憶的深遠處，斷絕在料羅灣深曲的海域裡……。

懷著沉重的心情走出料羅港，荷槍的衛兵守候在鐵絲網旁的衛哨亭，宵禁時間未到，拒馬被冷落在鄰近的草地上，我抬頭仰望夜空閃爍的繁星，卻無意中發現一輛熟悉的吉普車停在前面的馬路邊，我一眼就認出是組長的座車，內心不禁湧起一股無名的酸楚，卻也有幾許茫然。

當我走近時，首先下車的是組長，繼而地是林玲，我訝異地看著他們，竟然說不出任何一句話。他們為什麼會在這裡等我，難道是預先設好的圈套，故意讓我走不了？我的心裡充滿著無數的疑問。

「把提包放在車上，」組長指著我說，復又對著林玲，「妳陪他慢慢走，讓他冷靜冷靜，好好想想。」組長說後逕自上車，並沒有理會我。

望著組長的座車疾馳而去，我的心中百感交集，彷彿有滿懷委屈急待發洩。

「船開了？」林玲低聲地問。

我微微地點點頭。

她無語地陪我走在陰暗的木麻黃樹下，我紊亂的思緒經過微風的吹襲也逐漸地平復，內心雖不再做無謂的掙扎，卻不斷地反覆思考和自我檢討。

「別難過了。」她靠近我一步，輕輕地挽著我的手臂，安慰我說。

「不知是命運的安排、還是另有其他因素？」我冷冷地說。

「那是組長和小美人多次懇談後的共識。」她解釋著。

「倘若是這樣的話，我認命。」我無奈地搖搖頭。

「縱然你相信命運，也不能怪罪任何人。」

「我沒有。」

「別忘了，你是屬於這塊土地的人。」

「我沒有忘記！」

「既然沒有忘記，就不能有所憎恨。」

「我心中只有愛、沒有恨。」

「對曾經阻遏你的人呢？」

「我已澈底地省悟，感謝他們把我從迷思中喚醒，讓我能重新站在這塊土地上。倘使我一意孤行、不知悔悟，或許，失去的會比獲得的還多，爾後更無顏踏上這個島嶼。」

「陳大哥，」她突然緊握我的手，「不是我自私，小美人為了自身的幸福，必須離開這塊土地。你為了這塊土地，必須留下來。父母對你的愛，長官對你的關懷，則必須銘記在心頭。其他的，不必多說，就讓歲月來考驗我們吧！」

「對小美人，我已仁至義盡、沒有愧疚。她該說的、該講的，也毫不隱瞞地展現在字裡行間，因此，我的心裡舒坦了許多。往後的人生歲月，彼此間將不再有任何感情上的牽扯和糾葛，只有相互地祝福。這些日子來，替父母和長官製造許多困擾，也讓鄉親父老看了許多笑話，內心感到無比的羞愧和懊悔。從此以後，我將以感恩之心，謙恭的胸懷，面對父母以及島上的鄉親父老，虛心地接受他們的教誨。回到工作崗位上，更應分所應為，全力以赴，力求完美，以報答長官關懷照顧我的恩德。」

「你的想法沒錯，人不僅要知道惜福，也要懂得感恩，但似乎不必過於自責。」她安慰我說：「時間會沖淡一切的，況且，你並沒有離開這塊土地，也沒有負心於小美人，所有嫁禍於你的罪名都不能成立，只是一時沉迷於愛的旋渦不能自持而已，並非犯了什麼滔天大罪，相信大家都會原諒你一時的無知和失檢。」

「別人原諒，妳呢？」我嚴肅地問。

「你說呢？」她反問我，而後激昂地，「如果我計較或介意的話，今晚不會隨著組長來接你。我們相識相知不是一天二天了，我熱愛這片土地的心永遠不會改變，回歸田園的美夢依舊沒有減溫，我會無怨無悔地守候在這個小島上等待；等待一雙觸摸過牛糞土的手來牽引我，一起披荊斬棘、越過高山峻嶺，同心攜手走向幸福的那一端……。」

「別忘了我的人格是有缺陷的，我的行為是有差池的，難道妳一點也不計較？一點也不介意？」我羞慚而激動地說。

「俗語說：不經一事、不長一智，」她深情地看看我，「經過這次風波後，相信我們的感情會更彌堅、更牢固。除此之外，也可以讓我們更深一層地瞭解到情字的真諦和可貴。其他，又有什麼好計較、好介意的！」

我的眼眶已濕，內心充滿著難以言喻的愧疚和自責。緊握她柔軟的小手，像握住無窮盡的幸福和希望。走過光華園，經過小太湖，黑夜過後光明已在望，遠遠我看到，新市里的街燈不停地向我們閃爍……。

（全文完）

原載二〇〇六年三月二十日至七月二十七日《浯江副刊》

附錄　長春書店裏的陳長慶

陳慶元

姓名相同或相近，在國人中好像不是一件什麼了不起的事兒，但對當事人來說，有時未免比較關注。如果媒體報導的罪犯恰好和自己同名同姓，那就頗不自在；如果同名同姓者是名人，不免多少有點竊喜。福建有兩個較有名氣的人和我同名同姓，有好事者千方百計找機會讓我去結識他倆。姓名的相近，當然比不上相同那樣〈直接〉，但也會引起自己的較多的關注，這似乎也是人之常情，法國漢學家陳慶浩，和我是一字之差，而一見如故，稱兄道弟，不久前臺灣學者王國良到法國訪問，兩人一聊，提到我，慶浩立即拿起電話，打到我家裏來，寒暄一陣。陳長慶也與我一字之差，雖然他的〈慶〉字在後，順序與我不同，但也是屬於姓名接近的一類，因此第一次見到這個名字時也引起我的注意。《金門日報》副刊常常連載他的小說，早幾年太忙，我又不研究小說，故只知其名而不識其作品。

承金門文化人陳延宗兄的厚愛，《金門文學叢書》第一輯十冊（聯經出版社，二〇〇三年版），出版後就寄贈給我。對金門文學，我很不熟悉，其初也是隨便翻翻，看看書名和書的體裁，粗粗瞭解一下作者，漫不經心的。小女進了碩士班，要選論文題目了，找我商量。我寫論文，一向不喜歡選別人做過的或與別人相類的題目，有時一個課題做了一半，發現有人也開始做相同或相近的題目，常常割愛放棄。正好有一套《金門文學叢書》在手，金門歷代文人眾多，比較出名的作家也可找上好幾個，我想，以金門文學作為研究對象，寫一篇碩士論文，題目當不至於太小，材料也不至於不夠。雖然小女也有她的導師，仍免不了要和我切磋切磋，於是就逼著我去讀些金門作家的作品。和大多數人的閱讀習慣一樣，一大堆書，找來讀的通常首先是小說，本來就有點印象的陳長慶所著《失去的春天》便成了首選。

《失去的春天》如果從情節上來說，並沒有什麼離奇的地方。陳長慶在《踽踽人生（代序）》（《失去的春天》卷道）中寫道：

> 想為讀者留下的，不僅僅是一個故事或一篇小說；而是為生長在這方島嶼，與走過烽火歲月的島民作見證。於是我以青春和愛情作為本書的主題，讓歲月隨著時光流

失，讓情感因環境而生變，讓渺小的生命回歸原點；更讓我們緬懷六十年代艱辛苦楚的農耕歲月，以及軍管時期、戰地政務體制下的悲傷和恐懼。

在實行〈戰地政務〉時期，駐紮金門的軍人和本地的老百姓，是不能隨便離開這個海島的，如果特別的需要，也得經過嚴格審查並發給通行證才得以放行，而且一般的民眾和普通的軍人也不能搭乘飛機，只能乘船在海上顛簸。作品的女主人公顏琪小姐是來自臺灣的藝工隊演員，因病重不能得到及時救治，等到審批完畢，還走了點關係，送回臺灣已經為時已晚，最後香銷玉殞。儘管兩岸的讀者對長達數十年的對峙，立場可能不同，價值評判也可能不一，但是讀完這部小說，對顏琪小姐的同情應當是相同的。在這部小說中，我第一次知道金門〈戰地政務〉時期設有〈特約茶室〉、有〈侍應生〉。陳長慶引起我的極大的關注，一是他是土生土長的金門籍作家，作品講的是發生在金門的故事，故事的男主人公〈陳大哥〉又是金門的青年，太武山、小徑、古崗湖、雲根漢影，金門的山山水水都被他收入筆下。其次，陳長慶曾是〈戰地政務〉時期福利單位的重要雇員，見過大大小小許多的官員和事件，他的小說大多都與大家都非常關注的〈特約茶室〉、〈侍應生〉有關。

當我閱讀《失去的春天》一書時，《金門日報》正在連載陳長慶的《走過烽火歲月的特約茶室》，我對報刊的連載一般都無多大的興趣，讀了《失去的春天》之後，卻特別想把陳長慶的作品都找來讀讀，於是就把過期的《金門日報》重新翻揀出來，依順序閱覽讀一過。不久，報載《走過烽火歲月的特約茶室》將增益其他內容仍以原名出版成書。我曾向陳延宗兄打聽過陳長慶和該書的出版情況。二〇〇五年十二月，福建省金門同胞聯誼會成立二十周年慶典活動在西湖賓館拉開帷幕，陳長慶也在邀請的名單之列，延宗兄說陳長慶長年開一家〈長春書店〉，沒有人手，走不開。陳長慶托他帶來《走過烽火歲月的特約茶室》和《日落馬山》兩書。我已經多年沒有集中一段時間讀當代小說，特別是集中讀一個當作家的小說了。從《走過烽火歲月的特約茶室》所附《作者年表》中，我得以知道陳長慶的著作非常豐富，計有：

一、短篇小說《寄給異鄉的女孩》，臺北林白出版社，一九七二年版，同年再版，一九九八年三版；
二、長篇小說《螢》，臺北林白出版社，一九七三年版，一九九七年再版；
三、中篇小說《再見海南島，海南島再見》，臺北大展出版社，一九九七年版；
四、長篇小說《失去的春天》，臺北大展出版社，一九九七年版，二〇〇三年收入《金門文學叢刊》第一輯，臺北經聯出版公司版；
五、長篇小說《秋蓮》，臺北大展出版社，一九九八年版；
六、散文集《同賞窗外風和雨》，臺北大展出版社，一九九八年版；

七、散文集《何日再見西湖水》，臺北大展出版社，一九九九年版；
八、長篇小說《午夜吹笛人》，臺北大展出版社，二〇〇〇年版；
九、中篇小說《春花》，臺北大展出版社，二〇〇二年版；
十、中篇小說《冬嬌姨》，臺北大展出版社，二〇〇二年版；
十一、散文集《木棉花落花又開》，臺北大展出版社，二〇〇二年版；
十二、中篇小說《夏明珠》，臺北大展出版社，二〇〇三年版；
十三、長篇小說《烽火女兒情》，臺北大展出版社，二〇〇四年版；
十四、長篇小說《日落馬山》，臺北大展出版社，二〇〇五年版；
十五、散文集《時光已經走遠》，臺北大展出版社，二〇〇五年版；
十六小說集《走過烽火歲月的金門特約茶室》，臺北大展出版社，二〇〇五年版。

陳長慶還有《咱的故鄉咱的詩》七帖收入《金門新詩選集》，金門縣文化中心編，二〇〇三年版。此外，艾翎還編有《陳長慶作品評論集》，臺北大展出版社，一九九八年版。

二〇〇六年三月，蔡襄研究會的同仁擬到金門與蔡氏宗親聯誼，邀我同往，上半年本沒有回金的打算，剛好閱讀陳長慶之作成正熱頭上，也就隨他們踏上海船了。此行的重要安排，就是拜訪陳長慶，並希冀從他那兒再要些他的作品，如果能搜集齊全最好，將來或許能做一個研究陳長慶的課題。十日，浯島溫暖有如初夏，我只穿著襯衫，黃振良兄先已和陳長慶聯絡，在他的引領下，我們來到山外的長春書店。已經是下午四點左右的光景，陽光斜斜地照入書店，更有一種溫馨的感覺。如果比較于我曾光顧過的臺北彭老闆的文史哲等書店，〈長春〉還算開闊。但是書店除了三面牆體全是書架，中間也還是書架，擁擠不堪，左側中間有一個電腦桌，記憶中好像沒有比這個桌面更小的電腦桌了——擺上電腦之後，邊緣不超過十釐米，勉強可放一隻不大的茶杯。坐椅是沒有靠背的那種硬凳子，如此簡陋的陳設，用心良苦，無非是為多挪出更多的空間擺放書籍而已。電腦打開著，是另一部長篇小說《小美人》的稿子，作者正在進行最後的修改，即將在《金門日報》副刊連載。除了姓名相近，我和陳長慶還有一個共同〈點〉，即兩人同年。飽經風霜，不僅刻在他的臉上，而且顯露在他的滿頭白髮上。但是他目光如炬，神情兩旺，卻是六十歲人中很少見的。書店有點冷清，間或也有讀者光顧，陳長慶很熟練地算帳、找零、開票。自一九七四年離開〈福利單位〉創辦長春書店，已經有三十多年了，十幾部的小說、散文就是在長春書店這樣的環境中寫就的嗎？

臨行，陳長慶從書架上抽出《春花》、《冬嬌姨》、《夏明珠》等七八部書簽名相贈。說實在，我還很想讀讀他的處女作《寄給異鄉的女孩》。《寄給異鄉的女孩》自一九七二年初版，至一九九七年已經出了三版。黃振良《回首來時路——《寄給異鄉的女孩》

三版代序》在談到金門本土作家時說：〈至於在文藝寫作的成就方面，長慶算是工夫下得最深，也是最有成績的一位了。〉（《仙洲群唱》，金門寫作協會會員專輯一，一九九九年版）陳長慶說，這本書還是有點錯字，等修訂再次出版時和其他書一起寄給我。振良兄為我們在書店前拍照以作紀念。

當我在寫這篇文章時，《小美人》也許還在連載中，也可能已經連載完畢了，因為我看到的《金門日報》常常是一個多月前的舊報紙，好在我的興趣主要是在副刊方面。離開金門已經三個月了，長春書店裏的陳長慶還在那兒賣他的書，也還在書城中寫他的書吧？〈儘管頂上無烏紗，胸前無勳章，復無傲人的學歷、得獎的次數可以炫耀。然而，文學卻猶如是我心中的春陽；當我踏上這條不歸路，即使它崎嶇不平、坎坷難行，依然會一步一腳印，無怨無悔地走到它的盡頭……〉（陳長慶《踽踽人生路》（代序）是的，寫作也是一種艱辛的勞動，特別是對陳長慶這樣一個沒太高學歷、沒有什麼更高社會地位的島民來說，更談何容易！但是陳長慶靠著他的努力，也靠著他過人的資質走過來了，前路儘管還有崎嶇、還有坎坷，但大道如青天，我很看好這位同齡作家的創作前景。

期待著在長春書店裏再見到的陳長慶，期待著在長春書店裏讀到他寫出來的新書！

原載二〇〇六年七月五日《浯江副刊》

（本文作者陳慶元博士，福建金門人，現任福州師範大學文學院長。）

後記

寫完《小美人》，已是霧鎖浯鄉的三月。內心雖然沒有太大的喜悅，則有脫稿後的怡然快感。儘管文中待商榷的地方仍多，卻慶幸自己的文學生命並未枯竭。

六〇年代對島民來說，是一個艱辛苦楚的年代，而我卻幸運地進入防區最高政戰單位工作，雖然學到不少東西，卻也看盡人生百態，嚐盡人世間的酸甜苦辣。這些難得的經歷，可說是我爾後創作的原動力。

復出的十年中，我試著以爾時服務單位為題材，讓這些平日相知相惜的異性朋友，共同來詮釋這片土地。從《失去的春天》裡的顏琪，《日落馬山》的王蘭芬，到《小美人》中的林玲，她們清純、善良、美麗的倩影讓我記憶猶新，熱愛這塊島嶼的心始終沒有改變。然而，在這個小島上，已難尋她們溫柔嫵媚、端莊婉約的影像。在追念的同時，就讓我把她們昔日柔美艷麗的一面，記錄在作品中，與讀者們做最親密的互動吧。

小美人的言行舉止，曾經在這個島嶼遭受到很大的爭議，掀起一陣前所未有的波瀾。為了追尋自身的幸福，為了不願成為傳統下的犧牲者，敢於違背傳統向命運挑戰。她的勇氣和精神，在那個民風保守、社會封閉的年代，的確倍感可貴，但卻得不到鄉親父老的認同。於是，在不得已的情況下，不得不離開這塊土地，把到手的幸福，拱手讓給願意在這個島嶼落地生根的林玲，獨自到人生地不熟的台灣追尋她另一個美夢。當我寫完最後一章時，激動的情緒久久不能平復，小美人在我心湖激起的漣漪，似乎勝過林玲。但她們二人，都是我所塑造的人物，我沒有不喜歡她們的理由。

島嶼雖小，能書寫的題材卻很多。倘若還能遊戲在浯鄉這塊文學園地，我將義無反顧地蘸著金門的血淚書寫金門，為子子孫孫留下一些值得紀念的篇章。

當本書排完版正進行一校時，復從《浯江副刊》拜讀「福州師範大學」文學院長陳慶元博士大作〈長春書店裏的陳長慶〉乙文；文中除了鼓勵和肯定外，並有許多溢美之詞，讓我羞愧萬分。經陳博士同意，特將該文附錄於本書中，以表達對陳博士誠摯的敬意和謝意。

感謝撥冗撰文評介本書的資深作家謝輝煌先生。他以嚴謹的筆力、卓越的見解、優美的文辭，以及對金門民情風俗的體認，為拙作做最完美的詮釋。

感謝為本書題字以及連載期間繪畫插圖的「金門縣書法學會」總幹事、畫家、書法家洪明燦先生。他以不朽的畫筆，描繪出戰地政務體制下的島嶼情景，更留下「小美人」三個意境雄渾的墨寶。

感謝為本書校對的「金門縣采風文化發展協會」理事、作家薛芳千先生。他義務幫忙、細心校正，讓文中的錯別字降到最低數。

感謝為本書封底攝影的「金門縣信用合作社」總經理鄭碧珍女士。她以玩票者的心情按下快門，拍攝出古樸優雅的島嶼景緻。

感謝您，親愛的讀者們！

二〇〇六年八月於金門新市里

創作年表

一九四六年　八月生於金門碧山。

一九六一年　六月讀完金門中學初中一年級因家貧輟學。

一九六三年　一月任金防部福利單位雇員，暇時在「明德圖書館」苦學自修。

一九六六年　三月首篇散文作品〈另外一個頭〉載於正氣副刊。

一九六八年　二月參加救國團舉辦「金門冬令文藝研習營」。

一九七二年　五月由金防部福利單位會計晉升經理，並在政五組兼辦防區福利業務。六月由臺北林白出版社出版文集《寄給異鄉的女孩》，八月再版。

一九七三年　二月長篇小說《螢》載於正氣副刊。五月由台北林白出版社出版發行。七月與友人創辦《金門文藝》季刊，擔任發行人兼社長，撰寫發刊詞，主編創刊號。九月行政院新聞局以局版臺誌字第〇〇四九號核發金門地區第一張雜誌登記證，時局長為錢復先生。

一九七四年　六月自金防部福利單位離職，輟筆，經營「長春書店」。

一九七九年　一月《金門文藝》革新一期由旅臺大專青年黃克全等接辦，仍擔任發行人。

一九九五年　創作空白期（一九七四至一九九五），長達二十餘年。

一九九六年　七月復出。新詩〈走過天安門廣場〉載於浯江副刊。八月散文〈江水悠悠江水長〉載於青年日報副刊。九月短篇小說〈再見海南島 海南島再見〉載於浯江副刊。

一九九七年　一月由臺北大展出版社出版發行三書：《寄給異鄉的女孩》增訂三版。《螢》再版。《再見海南島 海南島再見》初版。三月長篇小說《失去的春天》載於浯江副刊，七月由臺北大展出版社出版發行。

一九九八年　一月中篇小說《秋蓮》上卷〈再會吧，安平〉，五月下卷〈迢遙浯鄉路〉均載於浯江副刊。八月由臺北大展出版社出版發行三書：《秋蓮》中篇小說，《同賞窗外風和雨》散文集，《陳長慶作品評論集》艾翎編。

一九九九年　十月散文集《何日再見西湖水》由臺北大展出版社出版發行。

二〇〇〇年　五月『金門縣寫作協會』「讀書會」假縣立文化中心舉辦《失去的春天》研讀討論會，作者以〈燦爛五月天〉親自導讀。十月長篇小說《午夜吹笛人》載於浯江副刊，十二月由臺北大展出版社出版發行。

二〇〇一年　四月〈今年的春天哪會這呢寒〉——咱的故鄉咱的詩，載於浯江副刊。十二月中篇小說《春花》載於浯江副刊。

二〇〇二年　三月中篇小說《春花》由臺北大展出版社出版發行。五月中篇小說《冬嬌姨》載於浯江副刊，八月由臺北大展出版社出版發行。十二月由國立高雄應用科技大學金門分部觀光系主辦，行政院文建會及金門縣政府協辦之【碧山的呼喚】系列活動，作者親自朗誦閩南語詩作：〈阮的家鄉是碧山〉為活動揭開序幕。散文集《木棉花落花又開》由臺北大展出版社出版發行。

二〇〇三年　五月中篇小說《夏明珠》載於浯江副刊，十月由臺北大展出版社出版發行。同月長篇小說《烽火兒女情》脫稿，二十六日起載於浯江副刊。十一月長篇小說《失去的春天》由金門縣政府列入《金門文學叢刊》第一輯，並由臺北聯經出版公司出版發行。十二月〈咱的故鄉 咱的詩〉七帖，由金門縣文化中心編入《金門新詩選集》出版發行。其詩誠如國立台灣藝術大學副教授詩人張國治所言：「他植根於對時局的感受，對家鄉政治環境的變遷，世風流俗的易變，人心不古，戰火悲傷命運的淡化等子題觀注，……選擇這種分行，類對句……、俗諺，類老者口述，叮嚀，類台語老歌，類台語詩的文類……鋪陳一股濃濃的鄉土情懷。」

二〇〇四年　三月長篇小說《烽火兒女情》由臺北大展出版社出版發行。八月長篇小說

《日落馬山》脫稿，九月五日起載於浯江副刊。

二〇〇五年　元月〈歷史不容扭曲，史實不容誤導〉——走過烽火歲月的「金門特約茶室」脫稿，廿三日起載於浯江副刊。二月長篇小說《日落馬山》由台北大展出版社出版發行。三月散文集《時光已走遠》由金門縣文化局贊助，台北大展出版社出版發行。四月短篇小說〈將軍與蓬萊米〉脫稿，廿七日起載於浯江副刊。七月中篇小說〈老毛〉脫稿，十日起載於浯江副刊。八月《走過烽火歲月的金門特約茶室》獲行政院文建會，福建省政府，金酒實業（股）公司贊助，十一月由台北大展出版社出版發行。金門縣鄉土文化建設促進會並於同月二十六日為作者舉辦新書發表會。二十九日聯合報以半版之篇幅詳加報導，撰文者為資深記者李木隆先生。

二〇〇六年　一月〈關於軍中樂園〉載於中國時報人間副刊。三月長篇小說《小美人》脫稿，二十日起載於浯江副刊。六月《陳長慶作品集》（一九九六—二〇〇五）全套十冊（散文卷二冊，小說卷七冊，別卷一冊）由秀威資訊科技公司出版發行。

國家圖書館出版品預行編目

小美人 / 陳長慶著. -- 一版. -- 臺北市 ：秀威資訊科技, 2006[民95]

面； 公分. -- (語言文學類 ；PG0106)

ISBN 978-986-7080-85-1(平裝)

857.7　　95016486

語言文學類　PG0106

小　美　人

作　　者 / 陳長慶
發 行 人 / 宋政坤
執行編輯 / 林世玲
圖文排版 / 張慧雯
封面設計 / 莊芯媚
數位轉譯 / 徐真玉　沈裕閔
圖書銷售 / 林怡君
網路服務 / 徐國晉
出版印製 / 秀威資訊科技股份有限公司
台北市內湖區瑞光路583巷25號1樓
電話：02-2657-9211　傳真：02-2657-9106
E-mail：service@showwe.com.tw
經 銷 商 / 紅螞蟻圖書有限公司
台北市內湖區舊宗路二段121巷28、32號4樓
電話：02-2795-3656　傳真：02-2795-4100
http://www.e-redant.com

2006 年 8 月　BOD 一版
定價：330 元

讀　者　回　函　卡

感謝您購買本書，為提升服務品質，煩請填寫以下問卷，收到您的寶貴意見後，我們會仔細收藏記錄並回贈紀念品，謝謝！

1.您購買的書名：______________________

2.您從何得知本書的消息？

☐網路書店　☐部落格　☐資料庫搜尋　☐書訊　☐電子報　☐書店

☐平面媒體　☐ 朋友推薦　☐網站推薦　☐其他__________

3.您對本書的評價：(請填代號　1.非常滿意 2.滿意 3.尚可 4.再改進)

封面設計____　版面編排____　內容____　文/譯筆____　價格____

4.讀完書後您覺得：

☐很有收獲　☐有收獲　☐收獲不多　☐沒收獲

5.您會推薦本書給朋友嗎？

☐會　☐不會，為什麼？______________________________

6.其他寶貴的意見：______________________________

____

____

____

讀者基本資料

姓名：____________________　年齡：______　性別：☐女　☐男

聯絡電話：________________　E-mail：____________________

地址：____

學歷：☐高中(含)以下　☐高中　☐專科學校　☐大學

☐研究所(含)以上　☐其他______________

職業：☐製造業　☐金融業　☐資訊業　☐軍警　☐傳播業　☐自由業

☐服務業　☐公務員　☐教職　☐學生　☐其他__________

請貼
郵票

To：114

台北市內湖區瑞光路 583 巷 25 號 1 樓

秀威資訊科技股份有限公司　　　收

寄件人姓名：

寄件人地址：□□□

(請沿線對摺寄回,謝謝!)

秀威與 BOD

BOD（Books On Demand）是數位出版的大趨勢，秀威資訊率先運用 POD 數位印刷設備來生產書籍，並提供作者全程數位出版服務，致使書籍產銷零庫存，知識傳承不絕版，目前已開闢以下書系：

一、BOD 學術著作—專業論述的閱讀延伸
二、BOD 個人著作—分享生命的心路歷程
三、BOD 旅遊著作—個人深度旅遊文學創作
四、BOD 大陸學者—大陸專業學者學術出版
五、POD 獨家經銷—數位產製的代發行書籍

BOD 秀威網路書店：www.showwe.com.tw
政府出版品網路書店：www.*gov*books.com.tw

永不絕版的故事・自己寫・永不休止的音符・自己唱